Le baiser d'un play-boy

CAROL MARINELLI

Le baiser d'un play-boy

Traduction française de
BARNABÉ D'ALBES

AZUR

HARLEQUIN

Collection : Azur

Titre original :
INNOCENT UNTIL HIS FORBIDDEN TOUCH

HARPERCOLLINS FRANCE
83-85, boulevard Vincent-Auriol, 75646 PARIS CEDEX 13
Service Lectrices — Tél. : 01 45 82 47 47 - www.harlequin.fr
ISBN 978-2-2804-8307-0 — ISSN 0993-4448

Composé et édité par HarperCollins France.
Imprimé en janvier 2023 par CPI Black Print (Barcelone)
en utilisant 100% d'électricité renouvelable.
Dépôt légal : février 2023.

FSC
www.fsc.org
MIXTE
Papier issu de sources responsables
FSC® C159065

Pour limiter l'empreinte environnementale de ses livres, HarperCollins France s'engage à n'utiliser que du papier fabriqué à partir de bois provenant de forêts gérées durablement et de manière responsable.

Prologue

Dix ans plus tôt

La visite de Béatrice au couvent était tout sauf improvisée.

Non seulement il avait fallu qu'elle économise, mois après mois, de quoi se payer le billet depuis Londres, mais ses requêtes afin d'obtenir un entretien avec la mère supérieure s'étaient longtemps heurtées à un refus catégorique. On lui répétait qu'un tel voyage était inutile, que personne ne disposait d'aucune information, qu'elle engagerait donc cette dépense en pure perte.

On verrait bien : elle arrivait ! Et après tout, si elle échouait à récolter quelques indices à propos de ses parents, elle aurait au moins le soulagement de savoir où diable était passée sa chère Alicia.

Toutes deux avaient été abandonnées à trois semaines d'intervalle à la porte du couvent, sur l'île de Trebordi, au sud de la Sicile. Bébés, elles étaient déjà très différentes et, en grandissant, chacune avait continué de développer une personnalité à l'opposé de celle de l'autre. Avec ses longs cheveux noirs, sa nature solaire et sa sensibilité à fleur de peau, Alicia se montrait audacieuse, désobéissante, aventureuse, aux antipodes de Béatrice – petite blonde aux yeux clairs presque chétive, timide, renfermée.

Et pourtant, les deux fillettes avaient été les meilleures amies du monde.

Comme elles avaient partagé le même berceau pendant les premiers mois de leur vie, les religieuses les avaient surnommées les jumelles. Peut-être parce qu'elles étaient si dissemblables, les adultes avaient vite oublié ce surnom mais Alicia ne renonçait pas à ce lien familial imaginaire : elle en avait décidé ainsi, elles étaient et resteraient des sœurs, inséparables, toujours là l'une pour l'autre !

Hélas, elles n'étaient guère à égalité dans une salle de classe, or Béatrice avait obtenu une bourse pour suivre une scolarité prestigieuse à Milan… Elle se rappelait avoir tremblé de peur à l'idée de quitter son environnement familier, si protégé, et surtout Alicia ! Sa sœur lui avait fait valoir que c'était une chance unique dans la vie ; une chance que Béatrice, si douée, si brillante, ne pouvait pas repousser. Puis elles s'étaient promis qu'à sa majorité Alicia rejoindrait son amie à Milan où elles partageraient un appartement.

Ainsi, en dépit de son appréhension et de la cruauté de cette séparation, Béatrice avait quitté l'île de son enfance. Au début, ne recevant aucune réponse aux lettres qu'elle envoyait à Alicia, elle ne s'était pas inquiétée : son amie savait à peine lire et écrire. Mais le « grand lycée de Milan » où elle était censée être pensionnaire était en fait un institut de langues au cœur de l'université, et Béatrice n'y avait passé qu'un an pour une formation intensive. Ensuite, elle était partie en Suisse pour suivre un cursus ambitieux lui permettant de terminer, depuis deux ans, ses études supérieures à Londres.

Jamais elle n'avait réussi à se faire d'amis parmi les autres élèves. Elle était la seule interne à ne jamais rentrer dans sa famille pendant les vacances, et plus elle s'isolait, plus les autres lycéens l'ignoraient. Rageusement, elle avait tenté cent fois, les premières années, de contacter le couvent par téléphone. Immanquablement, la religieuse qui décrochait affirmait qu'Alicia était sortie, occupée, indisponible. Béatrice avait fini par redouter que son amie n'ait jamais reçu ses courriers.

Il avait bien fallu se résigner.

En Angleterre, les étudiants ne la considéraient plus comme une fille solitaire et timide, non – elle traînait désormais une réputation de prétentieuse méprisant tout le monde, glaciale, inapprochable. Son sens de l'humour passait pour du sarcasme et chaque amorce de relation avortait, puisqu'elle n'avait toujours pas trouvé de réponse satisfaisante aux préambules incontournables : « Tu viens d'où ? Et tes parents, ils font quoi dans la vie ? »

Béatrice avait pris deux avions, un ferry et un car. Elle parvint au bout du petit sentier qui sinuait depuis le village jusqu'à l'enceinte du cloître, et fixa longuement la fameuse « porte aux bébés », vestige archaïque d'une tradition portée par ce couvent sicilien depuis plusieurs siècles. Dix-neuf ans plus tôt, sa mère l'avait laissée là, quelques heures à peine après l'avoir mise au monde.

Son cœur se serra à la pensée de la solitude et du désespoir qui avaient conduit la malheureuse à ce choix. Ce choix qui l'avait condamnée, elle, à grandir dans la même solitude, le même désespoir.

Si Alicia n'avait pas été là… Elle se rappela qu'elle devait son prénom à la religieuse qui l'avait trouvée et son patronyme, Festa, à la fête qui avait toujours lieu en septembre à Trebordi. Un festival de musique et de danse attirant les touristes de toute la Sicile, voire au-delà.

Victime de terreurs nocturnes durant son enfance,

Béatrice était traumatisée par son abandon et, dès l'âge de neuf ans, s'était mise à faire le mur pendant le festival pour se promener la nuit, dans les rues du village, cherchant en vain une vague familiarité sur les traits des passants.

Après avoir sonné à la cloche du portail, elle regarda venir vers elle, non sans étonnement, la mère supérieure en personne.

— Je suis si heureuse de revenir ici ! s'exclama-t-elle en traversant le prieuré avec l'abbesse.

Rien n'avait changé. Ni le promenoir invitant à la méditation, ni les majestueux murs de pierre, et Béatrice leva les yeux vers le dernier étage où Alicia et elle partageaient autrefois une chambre.

— À quelle heure reprends-tu le ferry ? demanda la mère supérieure. Tu rentres en Angleterre ce soir, n'est-ce pas ?

— Oh non ! Je compte bien rester à Trebordi au moins dix ou quinze jours ! répliqua-t-elle, certaine que l'abbesse lui proposerait de séjourner ici le temps qu'elle voudrait.

Idéalement, Béatrice aurait aimé passer tout le mois de septembre sous le climat sicilien, avant la rentrée universitaire.

— Je regrette, mais nous ne pouvons permettre à nos anciennes pensionnaires de considérer le couvent comme un hôtel, lâcha l'abbesse.

La déception de Béatrice fut si vive qu'elle dut se lire sur son visage, car la religieuse enchaîna aussitôt :

— Je sors un peu les griffes, car notre rôle consiste à offrir toute notre attention aux chatons, mais dès qu'ils sont grands… ouste ! Il est indispensable qu'ils prennent leur indépendance, n'est-ce pas ?

— Mais ma mère… Je *suis* indépendante, rappela Béatrice.

Les nonnes méritaient sa gratitude : non seulement elles lui avaient prodigué une excellente éducation au sein de leur petite école, mais elles avaient repéré les talents académiques de Béatrice et remué ciel et terre pour lui obtenir cette remarquable formation. Néanmoins, elle payait désormais ses études elle-même et…

— Je travaille en tant qu'interprète dans un hôpital le soir et le week-end, précisa-t-elle tandis que l'abbesse la faisait entrer dans son bureau.

Le même bureau où Alicia et elle avaient été convoquées tant de fois, ne put-elle s'empêcher de songer avec un brin de nostalgie.

Assise face à la mère supérieure, elle remarqua les rides aux coins des lèvres de cette femme d'âge mûr, au regard intelligent et impénétrable.

— Mon enfant, je comprends ta frustration, mais comme je te l'ai déjà fait savoir plusieurs fois, je n'ai malheureusement pas d'éléments à te fournir à propos de ta famille.

Béatrice déglutit. La règle du couvent était claire : sur leur demande, les enfants trouvés obtenaient de plein droit, à leur majorité, toutes les informations rassemblées lors de l'enquête menée après leur abandon. Une enquête qui, certes, le plus souvent, ne menait pas très loin.

— Je me souviens qu'Alicia a hérité d'une paire de créoles en or, fichées dans la couverture où elle était emmaillotée. Un signe de reconnaissance, une façon de ne pas rompre tous les liens avec le nourrisson déposé devant la porte. Alors dans mon cas, il existe forcément un…

— Béatrice, la coupa la mère supérieure en soupirant, nous t'avons trouvée sans rien. *Rien du tout.*

— Ce n'est pas possible… Il devait bien y avoir quelque chose ! Une page de la Bible ? Un chapelet ?

Elle était blonde aux yeux gris-bleu, preuve que sa mère n'était probablement pas sicilienne et qu'elle était venue à Trebordi pour le festival.

— Un billet pour un concert ? Ou un reçu pour les sandwichs et les boissons vendus sur la place, pendant la fête ?

— Béatrice, s'il y avait eu quoi que ce soit, je te l'aurais dit.

— La marque du fabricant, dans la grenouillère ? insista-t-elle.

L'abbesse secoua tristement la tête en signe d'impuissance.

— Quelque chose ! plaida-t-elle, refusant de croire à ce néant, cette page vierge.

La mère supérieure la dévisagea en silence, sans rien perdre de sa sérénité.

— Ce que tu es en train de faire ne t'aidera pas, observa-t-elle. Béatrice, je ne connais aucun enfant abandonné à l'assistance publique ayant eu la même chance que toi : obtenir une bourse d'État très généreuse afin de suivre des études brillantes. Des milliers d'écoliers rêvent de fréquenter les établissements où tu as suivi les leçons des plus grands professeurs. Montre-toi reconnaissante et concentre-toi sur ton avenir : tourne la page.

Elle secoua la tête avec vigueur.

— Non. Je refuse. Je m'inquiète pour ma mère. Si quelque chose d'affreux lui est arrivé, la poussant à faire ce choix-là… Je *veux* le savoir, et je *veux* qu'elle sache que je la comprends. J'ai besoin de lui dire que j'ai éprouvé la même chose qu'elle, une solitude et un désarroi indescriptibles… Et que je l'aime, que je lui pardonne.

Visiblement, l'abbesse ne s'était pas préparée à tant de résistance. Elle se passa une main sur le front.

— Tout cela est malsain, Béatrice. J'ai vu trop d'orphelins épuiser leur énergie et leur raison à tenter de retrouver ceux qui les ont abandonnés. Ça ne mène à *rien*, ça a toujours abîmé leur capacité à aller de l'avant.

Aucun de ces arguments ne la touchait. Sérieusement, la nonne croyait la dissuader de comprendre *d'où elle venait* ? Ni le bon sens, ni la morale, ni la raison n'avait sa place dans ce contexte ! Aussi le discours glissa sur Béatrice qui martela :

— En ce qui me concerne, ma mère, j'ai fait mon choix : je *veux* connaître *mon* histoire. S'il le faut, je camperai devant la « porte aux bébés » durant des semaines, et je reviendrai ensuite chaque année, à l'anniversaire d'Alicia, pour…

En voyant les joues de la mère supérieure virer au rouge écrevisse, Béatrice obtint confirmation de ses pires soupçons.

— Alicia a-t-elle récupéré les lettres que je lui ai adressées ici ? demanda-t-elle d'une voix claire.

— Bien sûr que oui, affirma très vite la religieuse.

Trop vite, jugea Béatrice en fronçant les sourcils. En même temps… La mère supérieure oserait-elle mentir ? Si effrontément ?

Tandis qu'une panique sourde s'éveillait en elle, Béatrice réalisa que oui, *elle osait*. Elle mentait !

— Moi, je crois que non, dit-elle lentement. Je crois que mes lettres ne lui ont pas été remises. Vous les avez confisquées.

— Je te prie de te montrer plus respectueuse, Béatrice, gronda l'abbesse en lui décochant un regard réprobateur. Ce n'est pas ainsi que nous t'avons éduquée.

Poliment, Béatrice hocha la tête avant de reprendre :

— Mère supérieure, très respectueusement, pouvez-vous m'indiquer où se trouve Alicia, s'il vous plaît ?

Cette fois, comme si l'abbesse admettait tacitement ses mensonges, elle ne lui opposa rien d'autre qu'un silence obtus.

Incroyable ! On refusait de la laisser communiquer avec son amie *depuis des années*, et on prétendait maintenant, alors qu'elles étaient majeures, l'une et l'autre, les empêcher de se voir ? De quel droit ?

— Si vous refusez de me le dire, menaça-t-elle, contenant difficilement sa colère, je peux m'installer au bar du village pour poser la question à tous ceux qui y passent ! J'ai assez d'argent pour offrir une tournée générale et délier les langues…

Elle en voulait tellement à l'abbesse qu'elle enchaîna :

— Et j'irai rendre visite à la *signora* Schinina ! Son fils était proche d'Alicia et elle saura certainement…

— Elle est morte, coupa la mère supérieure sans ménagement.

Certes, Béatrice n'avait jamais éprouvé qu'effroi vis-à-vis de la prostituée du village. Elle et son fils étaient de véritables parias dans toute la région… sauf pour Alicia.

Béatrice haussa les épaules.

— D'autres qu'elle savent ce qui se passe à cinquante kilomètres à la ronde ! Je frapperai à toutes les portes, et je…

— Mon enfant, il est des boîtes de Pandore qu'on n'ouvre pas. Jamais.

Désarçonnée, Béatrice considéra l'abbesse d'un

œil perplexe. Savoir serait pire que de ne pas savoir ? Qu'était-il donc arrivé à Alicia ? Du reste, faisait-elle référence à son amie ou à ses géniteurs ?

Oh ! elle en avait assez ! Assez de ces mensonges, de ces silences, de ces faux-fuyants !

Ulcérée, elle croisa les bras sur sa poitrine.

— Ma mère, je ne quitterai pas Trebordi avant d'avoir obtenu les réponses à toutes mes questions, asséna-t-elle avec l'obstination et le volontarisme qui lui permettaient, depuis toujours, de décrocher les meilleures notes et de se dépasser.

Pour faire bonne mesure, elle s'adossa confortablement à son siège et toisa l'abbesse d'un regard souverain.

— Bien, dit la mère supérieure en se levant. Ne bouge pas, je vais voir ce que je peux faire.

Béatrice attendit. Elle resta seule dans le bureau durant ce qui lui parut une éternité. Une heure, peut-être même deux, elle patienta – sans voir revenir la nonne.

Elle finit par se lever pour contempler, depuis la fenêtre, non la mer et les récifs, mais la petite cour de récréation où Alicia et elle jouaient autrefois. Quand elle consacrait plusieurs heures à étudier le français, l'italien et le latin, son amie quittait discrètement l'enceinte du couvent pour aller nager dans la rivière. Avec Dante, le fils de la *signora* Schinina. Béatrice était terrifiée par les courants, l'eau froide, les plongeons depuis les gros rochers. La réputation de la mère et de son « bâtard » l'impressionnait assez pour qu'elle préfère garder ses distances. Mais Alicia, elle, ne suivait que ses désirs et son cœur !

Béatrice sourit en songeant à la merveilleuse énergie de sa « jumelle ». Souvent, elle l'avait enviée et…

Elle sursauta, comme la porte du bureau s'ouvrait

brutalement non sur la mère supérieure, mais sur sœur Catherine.

— Bonjour ma sœur, dit-elle d'un ton courtois.

Allait-elle lui proposer de descendre prendre un thé ou un jus de fruits avant de retrouver l'abbesse ?

— Il paraît que tu as des questions, déclara la religieuse de but en blanc, s'installant face à elle au bureau.

— Beaucoup, oui, répondit Béatrice. Vous étiez là quand on m'a trouvée ?

Sœur Catherine était une femme assez transparente, par son apparence comme dans le souvenir de Béatrice. Plutôt menue, elle cachait ses cheveux bruns sous sa cornette et son visage n'était ni laid ni avenant : juste insipide. Elle était sévère, et même inflexible, sans que l'on puisse pour autant l'accuser d'injustice, encore moins de méchanceté. Elle enseignait le latin, mais si Béatrice était devenue une latiniste si brillante, ce n'était pas grâce aux encouragements de son enseignante. Elle avait travaillé, et jamais sœur Catherine ne lui avait octroyé un régime de faveur. Ni le contraire, d'ailleurs.

Cette femme était… sans qualité ni défaut.

Ce fut pourtant de la bouche de ce personnage d'arrière-plan qu'elle apprit qui elle était : sa fille.

— J'étais passe-partout, physiquement. Comme toi. Et moi non plus, je n'ai jamais été une enfant joyeuse.

Béatrice ne répondit pas. Pétrifiée, elle fixait le visage de sœur Catherine en se demandant *comment* elle avait pu passer à côté de cette évidence. Car c'en était une ! La forme légèrement triangulaire du visage, le nez très droit, la fossette discrète sur le menton…

C'était son portrait ; elle en brune !

Toute son enfance, elle avait été face à sa mère, et elle ne s'en était même pas aperçue !

— Mais je dois admettre qu'en devenant adulte, alors que j'étais déterminée à entrer dans les ordres… j'ai été saisie d'une curiosité.

« Une curiosité ». Béatrice agrippa machinalement les accoudoirs du fauteuil, car jamais ce scénario ne l'avait effleurée : loin d'avoir subi des violences ou traversé un drame, sa mère avait cédé à « une curiosité ».

— Ma mère était chargée de l'entretien des chambres d'hôtes où séjournaient les touristes pendant la fête de septembre, et je l'aidais. Il était veuf. Après trente années de mariage, il venait de perdre sa femme, et elle lui manquait. Il avait fait le voyage depuis l'Allemagne pour des vacances paisibles.

Béatrice était tellement abasourdie que la première question qui lui vint aux lèvres fut stupide.

— Mais alors… Il n'était pas venu pour le festival ?

— Oh non, répondit la religieuse en s'esclaffant. Il était historien ! Il aimait l'architecture, l'art et les vestiges de l'Italie, de la Sicile… En fait, il vivait un peu dans le passé. Un jour, il m'a dit que mon visage lui rappelait celui de sa femme quand elle était très jeune.

— Il a abusé de son âge et de sa position ? souffla Béatrice avec anxiété.

— Absolument pas. J'avais vingt-cinq ans, et c'était un très bel homme.

Ainsi, jouissant de leurs quinze jours de liberté sur le petit morceau de paradis qu'était Trebordi, l'historien allemand et la jeune Sicilienne s'étaient aimés… Avant qu'elle se repente de ces deux semaines de péché, elle qui se destinait au noviciat. Béatrice écoutait ce récit livré sans passion ni honte, sous la forme d'un compte rendu factuel ne méritant guère d'intérêt. Comme si sœur Catherine avait définitivement réglé le problème. Comme s'il n'y avait jamais eu de problème…

— La mère supérieure le savait ?

— Bien sûr que non !

Le cœur de Béatrice cessa de battre à ces mots. La mère supérieure avait un œil de lynx. Rien n'échappait au scanner de son regard et cependant sœur Catherine avait réussi à lui dissimuler son état.

La gorge sèche, elle déglutit péniblement. Il y avait donc eu déni de grossesse. Sa mère n'avait jamais – *à aucun moment* – voulu d'elle.

— C'est seulement quand tu as atteint l'âge de dix ans, ou autour de dix ans, qu'elle m'a fait appeler, raconta-t-elle. Elle m'a déclaré que la ressemblance devenait frappante, impossible à cacher. Il est vrai que tu es blonde, mais hormis cela…

Oh ! bon sang, comment avait-elle pu ne pas voir cette ressemblance qui crevait les yeux de l'abbesse ? En cet instant, elle avait presque l'impression de se contempler dans un miroir.

Fouillant sa mémoire, elle chercha le souvenir d'un moment privilégié entre elles. Un soir où la religieuse lui aurait lu une histoire, ou une promenade à deux, une conversation… Enfin, elle se rappela quelque chose.

Un jour, la cloche de récréation ayant sonné, Béatrice était restée assise et avait prié sœur Catherine de lui permettre de poursuivre sa lecture.

— Non. Sors et va jouer avec les autres.

Telle avait été la réponse de la nonne.

Rien de tendre, rien de privilégié dans cet échange – mais pouvait-on appeler cela un échange ?

— Je passais par la fenêtre de ma chambre pour aller au village, pendant la fête, révéla-t-elle d'une voix blanche.

Dès la fin du festival, les touristes partis et, avec eux, toute chance de retrouver ses parents, elle s'éveillait chaque nuit, trempée de sueur, en larmes. C'était Alicia qui s'efforçait de l'apaiser, de la consoler.

— Les temps changent. La fête a été supprimée et ton amie est partie, lâcha sœur Catherine d'un ton indifférent.

— Où ?

La nonne fit la moue, comme si Alicia s'était, un beau matin, évaporée dans la nature.

— Aucune idée. Bon, maintenant, tu as la réponse à ta question. Je me suis montrée honnête, non ?

Elle leva les mains en signe d'impuissance, exprimant très bien le fond de sa pensée : non seulement elle ne comptait pas poser la moindre question à sa propre fille au sujet de sa vie, de ses projets, de ses rêves, des petits-enfants qu'elle lui donnerait peut-être un jour, mais *elle ne voyait pas* ce que Béatrice pouvait espérer.

— Tu ne trouveras rien ici. Et en restant, tu ne feras rien d'autre que m'attirer des ennuis. Béatrice, au sein de ce couvent, tu as été logée, nourrie, protégée, nous avons pris soin de toi, et tu as même eu le privilège de recevoir une éducation dont, personnellement, je n'aurais osé rêver…

Mais elle n'avait pas été *aimée*. Pas même une minute. Sa propre mère l'avait « cachée en pleine lumière », et dès que sa présence avait paru gênante, s'était réjouie de se débarrasser d'elle.

— J'étais nue, murmura-t-elle, sous le choc. Je ne portais même pas un maillot, une grenouillère… Tu n'as pas pris la peine de m'envelopper dans un linge…

— Parce que je savais qu'on te trouverait tout de suite.

— Quelle touchante pensée, railla-t-elle d'un ton acide.

Elle ne souffrit ni d'une attaque de migraine ni d'une

brutale envie de vomir. Rien de tout cela, non. Mais soudain, il lui était impossible de rester une seconde de plus dans ce bureau. Au couvent. À Trebordi.

Elle se leva, prit un taxi au village et s'enfuit vers la côte et le ferry. Durant le voyage, elle se jura de ne plus jamais remettre les pieds sur cette île maudite. Ce qu'elle venait de découvrir la traumatisait assez pour qu'elle en oublie Alicia, car il fallait absolument qu'elle enfouisse tout, son enfance, son identité sicilienne, Trebordi.

Elle changea de patronyme et devint Béatrice Taylor.

Couper, couper, couper. Elle *coupait* les ponts.

Sur la seule photo qui lui restait de sa jeunesse, elle coupa sa mère et déchira le morceau de papier en mille morceaux sans verser une larme.

Désormais, Béatrice savait d'où lui venait sa froideur. Son handicap affectif, son incapacité à se lier aux autres. Elle ne s'était pas fabriqué un cœur de pierre, elle en avait hérité !

Eh bien, à partir de maintenant, elle apprendrait à s'en servir sans complexe.

1.

Le commandant de bord pria les passagers de bien vouloir excuser la compagnie aérienne de leur infliger un vol avec tant de turbulences.

— Veuillez rattacher vos ceintures, s'il vous plaît.

De gros nuages noirs s'amoncelaient au-dessus de la Sicile, qu'ils survolaient afin d'atteindre Bellanisia.

Béatrice réalisa alors que l'île était un peu trop proche de Trebordi pour son goût. De toute façon, elle n'était pas sûre d'avoir envie de décrocher ce contrat. Conseillère spéciale de SAR – Son Altesse Royale – le prince Julius de Bellanisia. Il s'agissait d'une création de poste dans le cadre d'un changement d'ordre dans la succession au trône. Le sens de la mission se résumait aisément en une phrase : peaufiner l'image d'un prince investi et responsable avant sélection de sa future épouse.

Béatrice renoua sur son cou son étole en cachemire. Pas question de manquer de voix à cause de la climatisation zélée de l'avion. Certes, elle trouverait à Bellanisia une température encore plus agréable que celle de Londres en cette mi-juillet, mais le climat de montagne pouvait se montrer traître. Or la prise de parole demeurait son premier outil de travail. Elle avait choisi une carrière dans les relations publiques, se spécialisant dans la communication de crise et le coaching de personnalités.

Elle effaçait les dégâts causés par un scandale et redorait l'image d'artistes populaires ou de sportifs de renommée mondiale. Liaisons illicites, mensonges et mélodrames publics – elle naviguait dans ces eaux troubles avec aisance, son sang-froid et sa distance avec tout affect humain lui permettant d'examiner l'ensemble du tableau en surplomb. Oh ! bien sûr, personne n'imaginerait que la jeune femme élégante qui discourait régulièrement devant la presse à propos d'affaires de sexe et de photos dépravées n'avait jamais ne serait-ce qu'embrassé un homme de toute sa vie ! Ni qu'elle était incapable de se faire des amis !

Elle aimait s'immerger complètement dans une mission de trois à six mois qu'elle gérait seule, de A à Z, et elle préférait choisir ses clients grâce au bouche-à-oreille plutôt que de monter dès maintenant sa propre boîte de communication. Le secret de son succès ? Béatrice restait hors jeu. Ainsi qu'elle le précisait toujours à ses clients, elle n'était ni leur amie, ni leur agent, ni leur psy.

Même si la perspective d'inscrire un mariage royal à son tableau de chasse s'avérait assez tentante pour qu'elle ait accepté, à titre exceptionnel, trois entretiens préliminaires au consulat de Londres, elle doutait de se laisser convaincre par le prince Julius.

En effet, la rigidité du protocole à observer heurtait ses habitudes et agissait sur elle comme un répulsif. Béatrice n'aimait pas la déférence. Or, même face à quelqu'un d'aussi arrogant que Julius, elle serait contrainte de se montrer affable, si elle s'engageait dans cette aventure. Cela n'avait aucun sens. C'était sa vie à lui qui atteignait un carrefour crucial, et non celle de Béatrice – ce qu'elle avait la ferme intention de lui rappeler dès leur première entrevue.

En dépit des secousses constantes et fort désagréables, la descente de l'avion offrit une vue spectaculaire sur le royaume de Bellanisia, petit archipel de la mer Ionienne entre la Sicile et la Grèce. En préparant son voyage, Béatrice avait appris que le prince Julius était le cadet des trois enfants du roi, et qu'il s'était montré, dès l'adolescence, plus turbulent que son frère et sa sœur. Plus tard, tout en suivant sa formation militaire, il avait étudié l'archéologie, mais c'était en matière de belles brunes à poitrine voluptueuse qu'il avait dû obtenir son doctorat, à en croire la presse people !

Sa seconde position dans l'ordre d'accès à la Couronne avait dû lui faire croire que tout lui était permis, et d'ailleurs ce n'était pas faux puisque le protocole prévoyait la protection des *courtisanes* – des maîtresses officielles.

Dans le bel appartement londonien dont elle payait les traites grâce à la rémunération de ses services, Béatrice avait passé des heures à éplucher tout ce qui remontait sur Internet à propos de Julius. Il était capable de partir diriger des fouilles et de disparaître ainsi durant des mois, puis de faire sonner tous les radars à son retour en assumant ses fonctions publiques et en participant à des soirées débridées. Du moins, c'était ainsi qu'il menait son existence jusqu'au drame. Car quelques mois auparavant, de façon aussi brutale qu'inattendue, son frère aîné, le prince Claude, était mort d'une fièvre hépatique après une simple grippe.

Depuis, Julius ne quittait plus le palais royal. Sa passion pour l'archéologie était remisée, ainsi que sa collection de conquêtes. On ne le voyait plus, occasionnellement, qu'en compagnie de l'une ou l'autre de ses ex.

Après avoir scrupuleusement épluché le dossier de ses frasques nocturnes, Béatrice n'avait rien trouvé de douteux, rien qui puisse choquer l'opinion publique… Non, rien à reprocher au prince hormis ses aventures féminines d'autrefois. Et cependant, le palais royal présentait régulièrement des excuses officielles. Certes, il aimait beaucoup la fête…

Mais il travaillait dur, avait-elle noté. Non seulement il honorait sa charge à temps plein, mais il assumait souvent en sus celle de sa mère : au décès de son fils aîné, la reine avait choisi de se mettre en retrait.

Les trois entretiens n'avaient pas permis à Béatrice d'en savoir plus, sinon que le secret était la règle d'or au palais.

— Je ne comprends pas, avait-elle admis face à l'un de ses interlocuteurs, puisque le prince est le benjamin de la fratrie, n'est-ce pas sa sœur qui devrait monter sur le trône ?

Bellanisia avait compté plusieurs souveraines très marquantes, avait-elle relevé.

— Cette question ne concernera pas votre mission, avait répondu Philippe, chef de sécurité et responsable du protocole.

— Bien sûr que si, puisque je serai chargée de son image !

— Notre règle de primogéniture est relative, expliqua Jordan.

C'était l'assistante personnelle du prince, son bras droit ; une trentenaire très élégante, maîtrisant à la perfection l'art de la diplomatie.

— Lorsque le trône est accessible à plusieurs héritiers mâles, ceux-ci sont prioritaires sur les femmes. Le système changera à la prochaine génération. Comprenez qu'un royaume évolue lentement, madame Taylor…

Béatrice le comprit encore mieux lorsqu'elle parvint

dans le hall du luxueux hôtel où on lui avait réservé une nuit. Il s'agissait d'un superbe établissement avec spa, et lorsqu'elle confia sa tenue au pressing, le concierge sourit en déclarant :

— Aucun problème, vous les aurez ce soir.

— Ah non, pas ce soir, répliqua-t-elle. Je suis attendue au palais royal à 14 heures, il me les faut…

Béatrice consulta sa montre. Il était midi. Une douche rapide et une salade en room service, c'était tout ce qu'elle pouvait se permettre, les orages siciliens ayant retardé son atterrissage d'une heure !

— Il me les faut tout de suite, conclut-elle. Merci.

Laissant le concierge abasourdi par sa requête, elle se hâta de passer dans la salle de bains de sa chambre et, après réception du pressing express et de la « Spéciale Bellanisia », piqua dans une large assiette de charcuterie et de légumes frais, tout en remontant son épaisse chevelure blonde en chignon.

Puis, elle réduisit le maquillage à un trait de mascara et une touche de rose indien sur ses lèvres, avant de passer les vêtements nettoyés et repassés : tout était étudié, dans le tomber impeccable de la laine italienne et la simplicité de la coupe. Robe à bretelle gris souris et veste assortie, Béatrice s'inscrivait dans la neutralité.

Oui, rester neutre. Telle était déjà son ambition du temps où elle travaillait comme interprète, et elle pouvait se féliciter de cet entraînement : dans son métier, face à des personnalités hors norme, il était essentiel d'assimiler la discrétion, de s'en faire une seconde peau.

Une voiture officielle vint la chercher et, dès son arrivée au palais, elle passa sous le portique de sécurité tandis qu'on examinait le contenu de son sac et que son smartphone lui était provisoirement confisqué.

On l'avait avertie que la réservation à l'hôtel et la voiture avec chauffeur étaient exceptionnelles : si elle séjournait plusieurs mois dans la capitale pour mener à bien sa mission, elle devrait bien entendu se trouver un logement et prendre le bus, comme tous les salariés du palais.

Aucune importance, car elle avait pris sa décision : c'était non.

Sans regret, elle ne profiterait pas du magnifique parc qu'elle devinait à travers les hautes portes-fenêtres d'un hall de style byzantin. Elle ne traverserait pas chaque jour les galeries d'apparat avec leurs miroirs vénitiens à encadrement sculpté, elle n'apprendrait pas à connaître chaque fresque mythologique des superbes plafonds, elle ne s'habituerait ni aux murs lambrissés ni aux tapisseries à dominantes de pourpre et d'or.

Non sans curiosité, elle se laissa entraîner dans un dédale de couloirs, par des portes de service qui semblaient structurer un palais dans le palais : parfois, elle traversait un grand salon semblable à une salle de musée, puis il fallait baisser la tête pour ne pas se cogner, tant le corridor était étriqué. Comme dans un conte pour enfants, il y avait des entrées dérobées, des passages secrets – tout un monde de mystère.

Enfin, elle parvint devant ce qui ressemblait fort à des bureaux administratifs : le service de sécurité, de diplomatie et de relations publiques dédié au prince Julius. Son cabinet attitré. Le greffier qui l'avait conduite jusque-là lui présenta même la pièce qui serait son bureau, si elle signait le contrat.

Restée seule, Béatrice sentit monter en elle une très légère tension. On ne rencontrait pas tous les jours des princes, surtout pas aussi séduisants que…

— Oups !

Elle se leva et se maudit d'avoir trahi sa surprise. D'abord parce qu'elle n'aurait jamais pensé qu'il serait si ponctuel, ensuite parce que les photos de la presse ne lui rendaient pas justice. Cet homme-là n'était pas juste « séduisant » ! C'était la réincarnation d'Apollon. Un dieu, par sa stature immense, ses épaules massives, sa silhouette svelte et la majesté de son maintien. Une œuvre d'art, pour la perfection de son visage : une peau au teint mat et au grain si lisse qu'on aurait dit du marbre, un front et un nez virils et raffinés, une bouche fascinante et ourlée… Béatrice avait toujours jugé un peu ridicule de dire d'un homme qu'il était « beau », et elle changea d'avis sur-le-champ : la beauté de Julius était une évidence, une vérité aussi frappante, aussi incontestable qu'un fait scientifique.

— C'est absurde, déclara-t-il. Je n'ai pas besoin des services d'une conseillère spéciale en communication !

— Une *stratège*, si vous préférez, monsieur, souffla Jordan derrière lui, saluant Béatrice d'un rapide hochement de tête.

Béatrice lui rendit la politesse et resta immobile. D'autres membres du cabinet du prince, qu'elle avait tous croisés au consulat à Londres, venaient de les rejoindre.

Ce qu'on lui avait dit était exact : cet homme exhalait un charisme d'une rare puissance et, lorsqu'il entrait dans une pièce, l'air se chargeait d'électricité. Oh ! naturellement, cela ne lui faisait pas peur : elle avait déjà eu affaire à des hommes comme à des femmes alpha – de fortes personnalités, des gens fixant la barre très haut et ne tolérant jamais la moindre imperfection.

— C'est un plaisir de vous rencontrer, dit-elle en souriant.

Se rappelant la consigne protocolaire, elle ajouta très vite :

— Monsieur.

— Plaisir partagé, répondit-il en la toisant d'un regard qui affirmait le contraire.

Et voilà. Il venait de la jauger sur son apparence, et c'était fichu : la petite blonde en gris avait l'air d'une fourmi pour cet éléphant. Minuscule, insignifiante.

Bon sang, qu'il était grand ! Avec son épaisse chevelure noire coupée à la perfection, ses mains manucurées et son luxueux costume gris perle, il avait l'air de sortir de la couverture en papier glacé d'un magazine consacré aux stars hollywoodiennes. On s'attendait presque à entendre le metteur en scène crier « Coupez ! » derrière lui.

Béatrice déglutit lentement.

Elle voulait ce poste.

— Sicilienne, observa-t-il en lisant son CV.

— Oui.

Une nouvelle fois, elle maudit son étourderie et se hâta de souffler :

— *Monsieur.*

Elle le regarda lire et secouer lentement la tête.

— Non, je ne tiens pas du tout à me faire policer toute la journée…

— Oh ! ce n'est pas du tout mon genre… monsieur.

Comme tous les visages la fixaient, elle se rappela qu'elle n'était pas censée s'exprimer sans y avoir été invitée. Pour la première fois, le regard du prince croisa le sien. Un regard perçant, d'une intelligence et d'un charme frappants.

— Vous avez étudié *à la fois* les langues mortes et les langues vivantes !… Et je vois ici que vous avez été interprète ?

— En effet, monsieur, confirma-t-elle.

— Pour un hôpital, et pour un tribunal par la suite, c'est bien cela ? enchaîna-t-il.

— Oui, monsieur.

Oh ! bon sang, elle était censée établir des lignes de communication stratégiques et elle se retrouvait au garde-à-vous ! La mention d'un mariage royal sur la liste de ses succès en valait-elle la peine ?

— Regardez, Philippe, dit Julius en se tournant vers son responsable du protocole, si Mme Taylor a travaillé au sein de cette ambassade, je ne vois pas comment…

— Je suis bien d'accord, monsieur, j'ai déjà exprimé cette objection.

Une objection balayée par Jordan, se rappela Béatrice.

— Je serai ravie de vous fournir de plus amples références, monsieur, lança-t-elle. La mission que vous évoquez concernait une communication de crise en interne, après le vol de plusieurs œuvres d'art dans la résidence d'un ambassadeur. Les termes de mon contrat vous montreront que je n'ai eu accès à aucune information d'ordre politique ou diplomatique.

— Mme Taylor n'avait pas de badge, renchérit Jordan. Il s'agissait de faire taire les rumeurs.

— Je vois, dit Julius d'un ton trahissant l'ennui.

Posant le CV sur une table, il se tourna vers elle et demanda :

— Avez-vous des questions à me poser, madame Taylor ?

— Plusieurs, acquiesça-t-elle. La première étant celle-ci : dans quelle mesure puis-je vous parler franchement, monsieur ?

— Dans quelle mesure ? répéta-t-il, visiblement déstabilisé.

— Par exemple, si j'endossais ce rôle, pourrais-je m'entretenir avec vous en privé ?

Il haussa les sourcils.

— Oui. Naturellement. D'ailleurs, c'est ce que nous allons faire tout de suite. Venez.

Le cœur battant, Béatrice suivit le prince. Les gardes ouvrirent deux portes sur son passage, et elle emprunta un escalier avant de se retrouver seule avec lui sur la terrasse d'un bureau – le sien, probablement. En rencontrant la montagne, l'air maritime formait un couloir d'air frais, et la lumière mordorée du soleil filtrant par les nuages blancs l'aida à chasser son anxiété.

— Je suis navré que vous subissiez la tension de toute mon équipe, dit-il avec prévenance. La mienne aussi, sans doute. Voyez-vous, nous n'avons jamais recruté de membre extérieur pour une mission de cabinet, et le personnel du palais au grand complet est originaire de Bellanisia.

— Je comprends.

— Nous sommes assis sur des siècles de traditions, ici, insista-t-il. Un savant maillage de modernité et de lois anciennes émanant de cultures disparues, à l'image de notre identité linguistique : vous le savez sans doute, nous parlons l'italien, le grec, mais aussi le français et le maltais…

— L'histoire de votre royaume est passionnante, acquiesça-t-elle, je l'ai découverte par la lecture de plusieurs ouvrages.

— Parfait, répondit-il en souriant. Dans ce cas, vous savez que je ne suis pas le premier héritier du trône à aimer ma vie de célibataire. Et que personne ne peut contraindre un lion à devenir végétarien…

Un lion ? Peut-être. Il y avait en effet quelque chose de félin en lui.

Mal à l'aise, Béatrice contempla l'immensité du parc qui s'étendait à leurs pieds, sous l'aile ouest du château.

Balcons, esplanades, parvis, terrasses… L'édifice n'en manquait apparemment pas davantage que de passages secrets. Depuis ce belvédère, elle distinguait les premières allées d'une roseraie et l'entrée du verger, au-delà des jardins botaniques plantés de pins de Norfolk et de bougainvillées.

C'était beaucoup plus qu'un parc de palais royal. Elle avait appris que toutes les écoles du royaume envoyaient les élèves en stage au moins une fois par an pour composer des herbiers, récolter les fruits du « verger des enfants », tester les nouveautés du potager et suivre les cours de botanique des jardiniers.

Son bref aperçu était déjà impressionnant, et elle retint son souffle : majestueux, sublime, il y avait…

— Ce lac est une merveille, dit-elle. On dirait qu'il s'est arrêté en hiver.

— *Lago Lefko*, la coupa-t-il en souriant.

— Oui. Le lac blanc.

Cerné de saules blancs, de bouleaux et de bancs de pierre immaculés, sa surface semblait scintiller de givre sous l'effet de l'illusion d'optique. L'or du soleil sur les bosquets et la douceur de l'air faisaient croire, pourtant, que Bellanisia ne connaissait que la belle saison.

— Même les oiseaux sont blancs autour de ce lac, murmura-t-elle en apercevant des colombes dans un arbre.

— Ce sont mes parents qui les ont introduites dans le parc à leur mariage, expliqua-t-il.

Désignant les grues, il enchaîna :

— Celles-ci sont un cadeau pour la naissance du

prince Claude, et les cygnes ont accueilli celle de la princesse Jasmine.

— Et pour vous ? s'enquit-elle.

— Je vous demande pardon ?

— Eh bien, quels oiseaux ont rejoint les autres espèces, lorsque vous êtes né ?

Elle se mordit la lèvre et ajouta :

— *Monsieur* ?

— Les paons, avoua-t-il. Blancs, bien sûr.

Béatrice les chercha du regard aux alentours du lac, sans succès.

— Vous les verrez forcément, assura-t-il. Ils viennent toujours se montrer et faire la roue devant les promeneurs. De plus, ils sont bruyants.

Béatrice nota la perfection de ses manières : il savait recevoir, se montrer avenant et conserver cependant toute la froideur d'une distance souveraine. Or elle doutait de parvenir à fissurer la muraille, opération indispensable pour réussir sa mission.

— Vous avez des questions, je crois ? s'enquit-il.

— Oui. Dans deux mois, ce sera le premier anniversaire du décès du prince Claude, n'est-ce pas ?

— Oui.

— Et d'après ce que j'ai compris, la population souhaite désormais que la famille royale se projette dans un avenir plus positif ? Plus heureux ?

Il se contenta de hocher la tête, par courtoisie ou parce qu'il n'y avait rien à dire, mais Béatrice voulait qu'il comprenne que seul son client était sa priorité.

— Alors ce mariage, reprit-elle. C'est quelque chose que vous désirez ?

— C'est une nécessité.

— Oui, je comprends, mais j'essaie seulement de jauger votre façon d'aborder le…

— Il n'est pas question que je partage mes pensées avec vous, madame Taylor. Vous êtes toujours aussi directe ?

— Toujours. Qui plus est, je ne vois pas comment nous pourrions aller au fond des discussions qui nous seront indispensables si je passe mon temps à marcher sur des œufs, à peser chaque mot qui sort de ma bouche et à vous appeler « monsieur » … monsieur.

— À vous de régler ce problème, madame Taylor, rétorqua-t-il avec flegme. La formalité n'est pas une option au palais.

En fin de compte, non, il n'était ni courtois ni bien élevé. Il était insupportable !

— Je peux cependant vous indiquer ceci, enchaîna-t-il. Ma future épouse aura d'abord et avant tout les intérêts du pays à cœur, et c'est notre partenariat qui sera célébré lors de notre union.

— Et l'amour ? demanda-t-elle sans se démonter.

— Je n'ai pas besoin de ce genre de complication, répondit-il avec un petit sourire amusé. Vous emmèneriez votre partenaire au bureau, vous ?

Béatrice n'avait jamais eu de partenaire et ne divulguerait pas le moindre indice sur sa vie privée au prince.

— Non, admit-elle. Bien sûr que non.

— Vous l'inviteriez à vous rejoindre en voyage d'affaires ? À un déjeuner de travail ?

— Non.

— Eh bien voilà.

— Mais je ne couche pas avec mes collègues, opposa-t-elle. Je ne suis pas censée porter leurs enfants.

Le visage impassible, il répondit :

— Vous êtes une roturière, madame Taylor. Je suis prince.

Oh ! qu'il était tentant de le pousser par-dessus la rambarde et de le regarder tomber dans le lac ! Plouf ! D'autant plus que de toute évidence il ne lui donnerait jamais le poste…

Ce poste qu'elle désirait désormais comme elle n'en avait jamais désiré un autre.

— Certes. Un prince qui ne peut se plaindre d'être impopulaire, acquiesça-t-elle avec sang-froid. Au contraire, d'après mon analyse des réseaux sociaux, vous êtes apprécié par chaque classe d'âge, tous segments sociaux et culturels confondus à Bellanisia. Vous avez généreusement dispensé vos affections auprès de la gent féminine, ce qui peut déplaire, mais aucun scandale ne vous éclabousse. Alors si vous souhaitez éviter un embarras à votre future épouse, il vaudrait mieux me dire…

— Au cours de l'année qui vient de s'écouler, mes affections se sont tues, madame Taylor, dit-il.

Il ne partagerait son intimité avec personne, réalisa-t-elle. Pas même avec sa femme.

— Il y a quinze jours, rappela-t-elle, le palais a encore publié un message d'excuses en votre nom.

Pensif, il hocha la tête avant de se tourner vers elle pour interroger :

— Comment auriez-vous abordé le problème ?

— Je crois que les excuses sont disproportionnées : en l'occurrence, votre attitude n'avait rien de choquant, et je considère ce type de communication comme contre-productive. Si j'avais été en charge… j'aurais opté sans hésiter pour le silence.

— Je vois.

Il parut réfléchir et ajouta :

— Je viens de poser deux mois de délai avant de signer le protocole d'accord matrimonial.

— C'est parfait, convint-elle. Mais de façon générale, le palais devrait dès maintenant s'abstenir de publier des communiqués qui sous-entendent que votre attitude n'est pas celle d'un futur souverain.

Cette fois, Béatrice n'avait pas oublié « monsieur ». Elle s'en était délibérément dispensée.

Pendant un moment, ils restèrent silencieux face au lac et aux oiseaux. Elle compta sept bébés cygnes gris sous la surveillance attentive de leurs parents… Des cygnes noirs.

Suivant son regard, Julius expliqua :

— Ce couple a été introduit dans le parc à la mort du prince Claude. Vous aimez les animaux ?

— Beaucoup.

Elle sentit son regard peser sur elle.

— Puis-je vous poser une question à mon tour ?

— Je vous en prie, acquiesça-t-elle.

— Cela ne vous gêne pas de mentir sans cesse ? D'affirmer quelque chose le lundi et de démentir dès le lendemain ?

Béatrice comprenait d'où venait l'attaque. Son dernier client avait multiplié les infidélités, et un ultime scandale avait éclaté alors qu'elle affirmait en son nom qu'il s'était repenti. Techniquement, elle n'avait pas menti, mais l'affaire était complexe et elle ne pouvait trahir la clause de confidentialité, aussi répondit-elle avec sobriété :

— Non, cela ne me dérange pas.

— Vraiment ? insista-t-il d'un ton incrédule.

— Ce ne sont pas mes mensonges, monsieur.

— Ah… En effet.

— Et je ne prends jamais les choses personnellement. Les affaires sont les affaires.

Bon sang, il allait la prendre pour un individu totalement dépourvu de sens moral ! Cherchant à se rattraper, elle poursuivit :

— Je veux dire que mon rôle ne consiste pas à juger. Il s'agit pour moi de polir une image et non de rééduquer un être humain. Mes clients sont des adultes responsables, pas des enfants. Je traite des informations et je me fiche de savoir qui vous êtes vraiment.

Oh non… C'était trop brutal. Quelle maladresse ! Cette fois, Béatrice pouvait dire adieu à ce contrat.

La gorge sèche, elle releva lentement les yeux vers le futur souverain.

Une lueur indéchiffrable animait ses yeux noirs, et il souriait.

— Eh bien, conclut-il, cette collaboration sera aussi rafraîchissante que bienvenue !

2.

Trois mois ! Béatrice quitta Londres sans regret pour s'installer dans un charmant deux-pièces avec balcon donnant sur le port de plaisance. Face à elle s'alignaient yachts, voiliers et modestes bateaux de pêche, et au-delà une mer olympienne, bleue et scintillante.

Chaque soir, elle se délectait de ce spectacle en dînant seule, écoutant l'occasionnel tir de canon… La capitale de Bellanisia n'avait rien d'une métropole, c'était plutôt une luxueuse cité de villégiature mais au cours des huit premières semaines, Béatrice n'eut guère de temps à consacrer au tourisme ou au shopping, dans les formidables petites boutiques d'artisans, à une exception près : elle installa une mangeoire à oiseaux sur son balcon.

Depuis des jours, elle contemplait la vitrine du magasin chaque matin et chaque soir, depuis le bus qui accomplissait le trajet de trente minutes entre son domicile et le palais royal. C'était un moment privilégié de la journée. Elle adorait ce voyage, car la modeste traversée de la ville était devenue son Odyssée. Il y avait tant de choses à voir sur l'île ! Les terrasses toujours noires de monde aux cafés, les façades multicolores des immeubles, l'incroyable choix de parfums des vendeurs de glaces que la fin des vacances d'été ne décourageait pas, la multitude d'enseignes et les files d'enfants à la sortie des écoles…

Quant à son travail, il se déroulait de façon inhabituelle. À son propre étonnement, Béatrice s'était aisément adaptée à un tout nouveau rapport au temps. En effet, elle était soumise aux mêmes horaires que les fonctionnaires du palais, aux mêmes consignes de sécurité, à la même vie de bureau, répétitive et parfois frustrante. Elle consacrait un temps fou à soumettre ses analyses et ses propositions à la lecture, la discussion et la validation du cabinet du prince – dont les membres avaient tendance, à son avis, à se montrer un peu trop courtisans.

Une note de préambule en trois pages sur les préparatifs de mariage déclenchait une invraisemblable chaîne administrative, et Béatrice n'était jamais sûre de la faire appliquer.

Paradoxalement, le temps semblait avoir filé à toute vitesse et à trois semaines de la fin de son contrat, alors que la presse décochait encore au prince Julius quelques flèches ici et là, Béatrice attendait fébrilement, comme tout le monde, qu'il se décide à signer le protocole d'accord matrimonial – document officiel proclamant ses fiançailles.

Oui, *fébrilement.* Depuis quelque temps, Béatrice ressentait parfois une brusque montée de fièvre. Il lui arrivait d'avoir des papillons dans l'estomac, la gorge en feu, un étrange fourmillement dans les jambes…

Elle le savait, quelque chose d'anormal, d'inouï lui était tombé dessus : *son patron lui plaisait.*

Pour la toute première fois de sa vie, elle avait un faible pour quelqu'un. Elle découvrait ce que signifiait l'expression « être sous le charme ». Parfois, il suffisait que leurs regards se croisent pour qu'elle sente, tout au fond d'elle-même, le même braillement que celui des paons du parc.

Seul problème, l'objet de son intérêt n'était autre que SAR le prince Julius de Bellanisia !

Quand le bus tournait au coin de l'avenue menant au palais, elle pouvait admirer les vitraux de l'église royale – deux jours plus tôt, elle avait cru s'évanouir au milieu de tous les passagers. Son cœur marqua un temps d'arrêt. C'était là que Julius échangerait des vœux solennels avec son épouse.

Loin de disparaître, son malaise ne faisait que grandir depuis quarante-huit heures. Un malaise si étrange et inconnu qu'elle éprouvait le besoin impérieux d'en parler avec une amie – *sa seule amie.*

Trebordi était si proche… Durant le week-end, elle se rendit sur place. Par le hasard du calendrier, c'était son anniversaire, ce samedi-là. Ses vingt-neuf ans. Une fête qu'elle n'avait célébrée que pendant son enfance, du temps où elle vivait au couvent. Enfin, de façon très symbolique : les religieuses n'offraient guère d'autre cadeau que les savons et les sachets de lavande qu'elles vendaient à leur boutique de souvenirs.

Depuis la petite colline derrière l'église, elle contempla le village et leva les yeux vers l'enceinte du couvent. Rien n'avait changé depuis dix ans. Elle croyait être très différente de la Béatrice de dix-neuf ans, venue chercher son identité : elle avait changé de nom, elle s'était construit une vie et une carrière. Désormais, elle se sentait plus anglaise que sicilienne.

Pourtant… Béatrice devait admettre qu'à vingt-neuf ans elle était toujours aussi solitaire et incapable de comprendre ses émotions qu'à l'époque où elle se réveillait en larmes au milieu de la nuit.

Seulement, en ce temps-là, il y avait quelqu'un pour lui murmurer des paroles apaisantes. Alicia.

Alicia qui, aujourd'hui, saurait l'écouter et la conseiller. Alicia qui la considérait comme sa sœur jumelle, et qu'elle avait *abandonnée*.

Oui, c'était entièrement sa faute si les retrouvailles n'avaient jamais eu lieu ! Non seulement Béatrice n'avait étudié à Milan que quelques mois, après leur séparation, mais plus tard, elle avait changé de nom. Si par hasard Alicia avait cherché Béatrice Festa en Italie, elle ne risquait pas de tomber sur Béatrice Taylor en Angleterre.

Tristement, elle erra dans les rues du village. C'était samedi soir, il faisait tiède et les nonnes quittaient l'enceinte du couvent pour venir s'offrir une glace sur la place principale. Elles menaient une vie plus amusante que la sienne !

Béatrice se raidit et se cacha à l'angle d'une maison en reconnaissant deux religieuses. Sœur Joséphine avait vieilli, elle marchait le dos voûté, mais ce fut sœur Catherine qui retint toute son attention. Elles étaient en grande conversation et passèrent de l'autre côté de la rue sans lui accorder la moindre attention.

Une vieille douleur se réveilla au fond d'elle. Béatrice ne put quitter du regard celle qui *aurait dû* songer qu'aujourd'hui c'était l'anniversaire de sa fille, l'enfant qu'elle avait mise au monde vingt-neuf années auparavant. Celle qui *aurait pu* tourner la tête et remarquer cette petite blonde, seule sur le trottoir d'en face.

« Mais qu'est-ce que je fabrique ici ? » se demanda-t-elle, comme elle sentait une traînée acide lui brûler les entrailles.

Elle n'avait plus envie de voir le village, ni de courir en vain après le fantôme de son amie. Son amie qui, si elle pouvait lui parler, lui conseillerait à coup sûr de profiter de son samedi soir ! De boire des cocktails sur la somptueuse marina de Bellanisia, de se trouver un petit ami et… de découvrir les baisers, les caresses, l'amour physique. De cesser de se recroqueviller sur elle-même.

Bon, le prince Julius était très séduisant, et il lui plaisait un peu trop : et alors ? Dans la mesure où il était inatteignable, hors de sa portée, Béatrice ne risquait rien.

Elle pouvait laisser son cœur dériver au gré de ce fantasme inoffensif, se perdre en rêvasseries.

— On parle d'une soirée très arrosée, suivie d'une nuit blanche sur le yacht du prince Julius.

Une fois, rien qu'une seule fois, Béatrice aurait aimé arriver au bureau sans entendre parler d'une nouvelle salve de rumeurs sur les réseaux sociaux. Surtout en ce lundi matin où elle tentait de dissimuler ses yeux rougis par un week-end particulièrement déprimant.

— Merci, Jordan, dit-elle en souriant à l'assistante.

Cette femme était toujours concentrée, toujours sur la brèche.

— Je vais regarder ça dans une minute, ajouta-t-elle.

— Béatrice, attends, il faut que…

— Oh ! s'il te plaît, ne faisons pas une montagne d'une anecdote ! Ce mec est beau comme un dieu, célibataire, et si les gens étaient honnêtes, ils admettraient qu'il n'y a rien de mal à avoir une vie sexuelle épanouie quand on…

— Bonjour Béatrice.

Pétrifiée sur place, elle vit Jordan blêmir et lui faire signe qu'elle avait tenté de l'avertir. Le prince était entré par le bureau adjacent.

Sa chevelure noire était ébouriffée, il portait un pantalon d'équitation et le voile gris sur sa mâchoire carrée le rendait encore plus sexy que d'ordinaire. Une nouvelle fois, elle sentit une nuée d'oiseaux battre des ailes dans sa poitrine.

— Bonjour Votre Altesse, répondit-elle en esquissant un sourire timide qu'il ne lui rendit pas. Que me vaut le plaisir de votre visite à cette heure matinale ?

Il était désormais convenu que le protocolaire « monsieur » était rayé des usages au sein du cabinet, et Béatrice aimait se moquer gentiment de son patron en lui donnant du « Votre Altesse ».

La vie trop rangée du prince Julius depuis la mort de son frère mettait la presse à cran : la moindre de ses sorties publiques faisait l'objet des spéculations les plus ineptes et, à défaut de mieux, les journalistes se vengeaient d'un présent frustrant en fouillant dans son passé, révélant les nouvelles activités de telle ou telle de ses anciennes conquêtes. Chaque semaine, il y avait une ex qu'on accusait de ne pas payer ses impôts, une ex « inconsolable de sa rupture avec le plus convoité des princes occidentaux », ou une ex « qui n'a pas désespéré d'accéder au trône et qui le prouve ». Des bruits mesquins, oui… et une publicité dont Bellanisia se serait volontiers passée !

— Je suis venu voir de quoi je suis accusé, ce matin, et je ne suis pas déçu, lâcha-t-il d'un ton glacial.

Il tendit un journal à Béatrice.

— Qu'est-ce que c'est que cette idiotie ? s'enquit-elle en lisant le gros titre en italien.

« Le prince qui danse ! », se scandalisait la publication, photographie à l'appui.

— Selon ces gens, je me réjouis tellement de la mort de mon frère que j'en sautille de joie, dit-il d'un ton grinçant.

— Non merci… Je suis allergique, dit-elle en souriant,

refusant le plateau de pâtisseries qui circulait dans le bureau.

Si un seul grain de sucre glace artificiel tombait sur sa peau, elle ferait une crise d'urticaire.

— Allergique à quoi ? demanda Julius en plongeant soudain un regard empli de curiosité dans le sien.

— Aux questions personnelles, répondit-elle en examinant la photo.

En chemise blanche, pantalon noir et boots de ville, Julius faisait danser une femme dont les cheveux pendaient presque à la verticale : cambrée, elle reposait sur un bras du prince, penché au-dessus d'elle. Brune et pulpeuse, le corps moulé dans une très belle robe à imprimé de vagues, elle souriait. L'éclairage du yacht achevait de donner à ce cliché un climat de luxe et de volupté.

Une incontrôlable jalousie s'infiltra en elle. Béatrice aurait donné n'importe quoi pour oser la même désinvolture que cette femme, le même abandon. Elle aurait voulu avoir ses seins en obus et ses hanches de sirène.

Lentement, elle déglutit pour demander :

— Vous ne l'avez pas laissée tomber, au moins ? Ne me dites pas que dans le journal suivant on annonce qu'elle s'est fendu le crâne ?

Comme il ne paraissait guère apprécier son humour, elle s'enquit plus timidement :

— Et après ? Il y a eu, euh… des paparazzis pour immortaliser la scène ?

Fronçant les sourcils, il avança d'un pas vers elle, et son parfum aux accents d'agrumes et de musc lui bloqua les poumons.

— Je ne saisis pas. Après quoi ?

Oh ! bon sang, comment tourner cela ? « Après les

préliminaires » ? « Après gymnastique en chambre » ? Par chance, il parut enfin comprendre et s'offusqua :

— Grands dieux, non. Nous avons dansé, c'est tout.

Elle hocha la tête et consulta le grand écran du bureau, où tous les clichés de la série publiée en ligne s'affichèrent. En effet, le prince ne semblait s'être rendu coupable d'aucun autre crime que la danse.

— Ces photos sont remarquables, observa-t-elle.

— Merci, railla-t-il.

— Je parle de leur qualité. Elles n'ont pas été prises à l'aide d'un téléphone. Comment un professionnel a-t-il pu s'approcher si près ? Où étaient vos agents de sécurité ?

— La marina grouillait de bateaux, admit-il. Il pouvait y avoir des téléobjectifs à peu près partout. Je suis responsable.

— Bon, admettons, dit-elle en haussant les épaules. Je ne vois pas où est le problème. Vous vous êtes amusé un samedi soir, et alors ?

— Le problème, c'est… la date.

Béatrice le considéra avec étonnement. Il avait l'air embarrassé, ce qui ne lui ressemblait guère.

— C'était le premier anniversaire de la mort de Claude.

— Ah.

— Nous avons fait dire une messe à sa mémoire le matin, expliqua-t-il. Ces photos et les articles me présentent non seulement comme un hypocrite qui aurait fait semblant de se recueillir avec sa famille, mais comme un frère ingrat et arriviste, ravi de lui faucher le trône !

Avec sang-froid et professionnalisme, Béatrice jeta encore un coup d'œil à l'écran avant de répondre en souriant :

— Vous n'aviez droit qu'à une seule émotion ce jour-là, c'est bien cela ?

Mais le prince ne partageait pas son calme.

Il était parti.

3.

Béatrice trouva d'autres clichés de la commémoration du décès de Claude avec les membres de la famille sur le parvis de l'église.

Comme à son habitude, la reine affichait un regard absent et une attitude hautaine, dans sa longue robe et ses bijoux noirs. La voilette de son chapeau, avec l'efficacité d'un mur, semblait la couper du reste du monde. La princesse Jasmine, dont les apparitions publiques étaient rarissimes, portait un tailleur sombre. Elle gardait la tête baissée, sa fillette dans les bras – la princesse Arabella. Quant au roi… il affichait une expression austère.

Finalement, le seul membre de la famille royale à ne pas surjouer le deuil était Julius. Impossible d'interpréter le sens de son regard opaque, sur cette série de photos. Les vidéos n'aidèrent pas davantage Béatrice, même si elle acquit quasiment la certitude que le prince avait perdu du poids, depuis qu'elle le connaissait. C'était subtil, mais indéniable. En deux mois, il s'était affiné.

Pourquoi ? L'angoisse ? Quelle inquiétude pouvait bien le ronger ? En tout cas, il n'avait toujours pas signé le protocole d'accord par lequel il s'engageait à se marier…

Elle leva les yeux, comme il revenait dans son bureau.

— J'ai manqué de prudence, concéda-t-il en jetant un coup d'œil à l'écran de l'ordinateur. Parce que…

Il planta son regard dans le sien.

— Parce que ? s'enquit-elle en dominant le frisson qui la parcourait.

— Il fallait que je lâche du lest. Que je me détende. La seule façon que je connaisse de se griser avec des amis, sans alcool et en toute innocence, c'est la danse.

Béatrice hocha la tête avec empathie.

— Je comprends. Je ne danse pas, bien sûr, mais je…

— *Vous ne dansez pas* ?

Un vif étonnement se lisait sur ses traits.

— Non, avoua-t-elle.

— Pas du tout ? *Jamais* ? insista-t-il.

— Ma foi non.

Elle s'éclaircit la gorge pour enchaîner très vite :

— Mais comme je vous le disais, je comprends très bien que vous ayez eu besoin de vous détendre, et…

Il la fixait d'un regard si insistant qu'elle sentit l'air se comprimer dans ses poumons. Son cœur se mit à battre sur un rythme frénétique, et elle le regarda prendre un siège, puis étendre confortablement ses longues jambes face à lui.

— Pourquoi est-ce que vous ne dansez pas, Béatrice ?

Oh ! bon sang, ne pouvait-on revenir tout de suite aux photos du samedi soir ? Et à la façon d'y répondre ou de ne pas y répondre ?

— Parce que je n'ai jamais appris, voilà, lâcha-t-elle d'un ton sec. Contrairement à vous, je présume ?

— Oui… Moi j'ai appris. Avec mon frère et ma sœur, j'ai eu droit à des leçons très sérieuses dans la salle de bal. Nos professeurs étaient très exigeants.

— Vraiment ? Vous avez appris toutes les danses, alors ?

— À peu près, confirma-t-il. Et en costume : la totale.

— Cela ne vous plaisait pas ?

Elle s'attendait à l'entendre ricaner, avouer qu'il jugeait cela ridicule, mais Julius sourit de ravissement.

— Au contraire, j'adorais ça ! Claude et Jasmine râlaient au bout d'une heure alors que j'en redemandais, et mon père jugeait suspecte ma passion pour la danse. J'ai adoré apprendre les pas du sirtaki, puis le horon, vous connaissez ?

— Euh, non.

— C'est une danse folklorique de la mer Noire, dit-il en levant les bras et en lâchant les poignets. Les mouvements du haut du corps peuvent rappeler une danse irlandaise… Très amusant à pratiquer en milieu de soirée !

— J'imagine, mais… Il ne s'agissait pas de danses folkloriques sur le yacht, samedi dernier.

— Bien sûr que si, affirma-t-il. Vous n'avez pas regardé le calendrier ?

Béatrice tourna les yeux vers le grand almanach mural récapitulant les événements nationaux. Elle pâlit.

— Oh… La commémoration du décès du prince Claude coïncide presque avec l'inauguration des fêtes hellènes, observa-t-elle. Et je suppose que cela explique la présence de tous ces bateaux dans le port fin septembre ?

Il acquiesça.

— Exactement.

Dans ce cas, pensa-t-elle, cette soirée ne posait plus de problèmes !

— Mais alors, nous dirons que vous avez eu envie d'honorer la joie de vivre de votre frère !

Même si son interlocuteur trahissait rarement ses émotions, elle le vit pâlir et comprit qu'elle venait de commettre un impair.

Détournant le regard, il murmura :

— Non, n'y comptez pas. Je refuse de me servir de lui comme d'une excuse et… Claude n'a jamais connu la joie de vivre. C'était un homme sombre.

Béatrice entendit son sang bourdonner à ses tempes, et elle s'efforça d'ignorer la cavalcade dans son cœur. Il venait de se confier à elle. À elle !

— Eh bien, sans faire explicitement référence à ses goûts, nous pourrions…

— Ne m'obligez pas à me répéter ! plaida-t-il d'une voix qu'elle ne lui connaissait pas.

Une voix fêlée. Blessée.

— Bon. Je vous propose « No comment ». Honnêtement, ces photos n'ont guère intérêt.

Julius reprit d'un geste rageur l'un des tabloïds parus le matin, le feuilleta, puis fronça les sourcils.

— Je n'en suis pas aussi certain que vous, Béatrice.

Les moments d'indécision du prince étaient rares. Si rares qu'elle le considéra avec attention, cherchant à décrypter ses doutes sur son expression.

— Est-ce que ça mérite des excuses ? demanda-t-il.

— Non, dit-elle.

— Une réponse ?

— Non.

— Parce que si je dois expliquer pourquoi je…

— Non, Julius, coupa-t-elle. C'est hors de question. Vous avez perdu votre frère, et si la danse vous aide à surmonter votre deuil, eh bien… Je m'inscris tout de suite au cours !

Il sourit.

— Merci. J'oublie toujours que vous êtes sicilienne.

— Et moi, j'aimerais bien y parvenir, ironisa-t-elle.

Regrettant d'avoir lâché cette information, elle enchaîna aussitôt :

— Habituez-vous à ces commentaires. Ils sont déplaisants, obscènes, idiots… Mais plus vous approchez de la signature du protocole, plus la presse va se déchaîner.

— Ah oui. Le protocole : l'épée de Damoclès et la corde au cou… je plaisante.

— Moi pas : c'était le cœur de ma mission, et je serai partie quand vous signerez. Que se passera-t-il ?

Il poussa un long soupir.

— J'attendrai ensuite environ un mois de savoir qui on m'a choisi pour épouse.

— Vous avez une idée de qui cela pourrait être ?

— Non. Aucune.

Abasourdie, Béatrice le dévisagea avec effroi.

— Hein ? Pas la plus petite idée ?

— Non. Pour avoir une piste, il faudrait que je sache si nos diplomates veulent consolider un lien avec un pays aligné, probablement en Europe, ou mettre fin à un froid, voire à un désaccord, avec une nation qui peut se trouver sur n'importe quel continent… L'union de mes parents est considérée comme l'une des plus belles alliances jamais réalisées par Bellanisia, alors que quasiment personne n'avait entendu parler de la principauté dont ma mère est originaire. Ce succès fait d'elle une reine très estimée, et c'est important.

Un mariage pratique, politique, peut-être économique… Quelle responsabilité, songea-t-elle.

— Je vois. Vous rencontrerez tout de même cette jeune femme avant les noces ? s'enquit-elle.

— Oui, naturellement. Les deux familles organisent un dîner au moins une semaine avant la cérémonie. Cela dépendra aussi des traditions de son pays.

— Et elle parlera votre langue ?

— Pas forcément. Mes parents ne se comprenaient pas, ma mère a dû apprendre le grec… Mais au fait ! Nous avons un nouveau contrat pour vous ! Avec vos compétences linguistiques, vous pourriez devenir notre interprète personnelle, à ma femme et à moi.

Les six derniers mots qu'il prononça creusèrent un tunnel sans fond dans le cœur de Béatrice. Elle se vit, debout derrière la mariée dînant en tête à tête avec Julius. Le voyage de noces commençait, et elle allait traduire des mots tendres…

Quel cauchemar !

— Nous apprendrons à nous connaître sur Regalsi, poursuivit-il d'un ton jovial en désignant la carte géographique punaisée derrière Béatrice. La plus petite île de l'archipel où tous les nouveaux couples de la famille royale vont passer un mois de lune de miel.

Parfois, elle ne le comprenait plus du tout. Il renâclait à signer son maudit protocole d'accord, mais la perspective de ce voyage avec sa future femme avait l'air de l'enchanter.

— Merveilleux, se força-t-elle à lâcher. Que peut-on y faire ?

— Je n'y suis jamais allé, reconnut-il. Regalsi symbolise les relations sérieuses, durables. On n'y emmène pas une maîtresse. Même autrefois, du temps où certaines favorites étaient plus célèbres que la reine auprès du peuple, Regalsi demeurait réservée aux princes et aux princesses mariés. Oh ! c'est minuscule, mais un mois à ne rien faire sur du sable blanc… Avec l'emploi du temps que j'ai, c'est un programme qui me tente.

Elle secoua tristement la tête.

— Vous êtes un incorrigible romantique, plaisanta-t-elle.

— Je vous l'ai déjà dit : il s'agit d'un partenariat, pas de romance.

— Toc, toc ! s'exclama Jordan en pénétrant dans la pièce.

— Je crois que vous avez de la visite, dit Julius en adressant un regard complice à son assistante.

Les yeux écarquillés, Béatrice vit la jeune femme poser un gâteau sur la table basse, dans le coin salon. Un gâteau magnifique couvert de bougies allumées…

— Mais je… Il ne fallait… Je ne…

— Taratata ! Gâteau royal ! répliqua fièrement Jordan, tandis que toute l'équipe prenait place dans le salon.

Une crampe vrilla le cœur de Béatrice. Ainsi, le prince n'était revenu bavarder avec elle que sur consigne… Pour détourner son attention. Il s'était montré poli. Rien de plus.

— Oh ! il y a mon nom dessus ! s'exclama-t-elle, incrédule, en approchant de la merveille.

Préparé par le cuisinier personnel de la famille royale, le superbe gâteau au chocolat et aux framboises était surmonté d'un glacis et d'une plaque de chocolat noir gravée du prénom Béatrice en coulis rose.

— Bien sûr qu'il y a ton nom, s'esclaffa Despina, la spécialiste des médias sociaux.

Rien n'était évident aux yeux de Béatrice. Sauf le fait qu'il s'agissait de son *premier* gâteau d'anniversaire. Car elle ne ferait pas entrer dans cette catégorie les deux ou trois fois où, au couvent, Alicia avait trouvé un biscuit et un vieux morceau de cierge à poser dessus… Les religieuses ne célébrant leurs anniversaires qu'avec un cake au miel. Plus tard, en pension, elle n'avait pas davantage eu droit à cette faveur, et il ne lui était jamais venu à l'esprit de se l'offrir elle-même à l'âge adulte.

Les joues de Béatrice chauffèrent quand Jordan lui plaça le couteau entre les mains. Elle ne savait comment procéder… Prétextant l'émotion, après avoir coupé deux parts de travers, elle tendit l'outil à Despina qui, sans commentaire, reprit les choses en main.

— Alors Béatrice, qu'as-tu fait ce week-end, pour ton anniversaire ? demanda-t-elle en déposant habilement chaque tranche dans une assiette.

— Tu es rentrée chez toi, à Londres ? questionna Tobias.

— Pas à Londres, non. En Sicile, dit-elle.

— Et c'était comment ?

— Il y avait beaucoup de vent, dit-elle.

— Qu'est-ce que tu as bu, du champagne ?

— Euh non, et je réserve les martinis punchs pour mes trente ans. Mais dis-moi, Tobias, tu ne nous donnes pas de nouvelles d'Esther ! Comment s'est passée l'échographie ?

Pendant un quart d'heure, tandis qu'ils se régalaient tous de la pâtisserie la plus fine que Béatrice ait jamais goûtée, elle parvint à maintenir Tobias et sa fébrilité de futur père au centre de l'attention générale. Fut ensuite évoqué le fameux « Festival des Fleurs », une tradition locale qui mettait tout le monde en joie – sauf Béatrice.

— Tu verras, lança Despina, les préparatifs commenceront bientôt, et c'est un moment merveilleux ! Tout le pays se retrouve !

Le prince Julius écoutait ses collaborateurs avec courtoisie, mais restait à l'écart de leur discussion. Béatrice le vit avancer la main vers le plat où il restait une part, se raviser, recommencer… et demander :

— Personne ne veut du dernier morceau ?

— Si, moi ! répondit-elle d'une voix impérieuse. *Je le veux.*

La main du prince était suspendue au-dessus du gâteau, et s'immobilisa. Apparemment, il était certain que personne ne lui refuserait cette faveur, ce qui irrita légèrement Béatrice.

À sa stupeur, un ange passa dans la pièce. Comme si elle venait de proférer un gros mot, comme si elle avait commis un péché capital.

— Mais bien sûr, dit Julius. C'est votre gâteau, Béatrice.

— En effet, renchérit-elle en soutenant effrontément son regard.

Il éclata de rire, se leva et s'écria :

— Eh bien, savourez-le !

Sur ces mots, il quitta le bureau.

Tout le monde avait déserté le bureau de Béatrice. Béatrice ne pouvait détacher son regard du plat, des miettes, des bougies éteintes et de la dernière part.

Elle pouvait maintenant ouvrir les deux cartes. La rose était signée de l'équipe du cabinet princier. « J'espère que ton week-end en Sicile a été formidable », « Un super bon anniversaire, Béatrice ! », « Attention, plus qu'un an de tranquillité avant le super 30 ! » …

Elle sourit et contempla la seconde enveloppe. Avec son luxueux papier ivoire et la mention de son nom de la main de Jordan, elle méritait que Béatrice sorte son coupe-papier. Soigneusement, la jeune femme ouvrit et trouva une belle carte photographiée qui représentait la résidence royale au palais et l'immensité du lac blanc. Le papier était si épais, la qualité de la reproduction si luxueuse que Béatrice se promit aussitôt de l'encadrer. C'était une carte, et à l'intérieur, au-dessus de son nom et de ses titres gravés en relief, elle regarda sa signature. Manuscrite. Une signature simple et élégante, tracée au stylo-plume.

Son regard retomba sur le gâteau.

Pourquoi fallait-il que les choses tournent ainsi ? Qu'à vingt-neuf ans, elle fasse sa toute première expérience de l'attirance avec… une altesse royale, inatteignable, sur le point de se marier ?

Ce n'était pas si grave. Il ne s'agissait que de son corps. Mais elle ne maîtrisait plus rien quand il se trouvait à proximité. Son regard, son parfum, la force charismatique incroyable qu'il dégageait… Si seulement elle…

Ses poumons se bloquèrent et elle sentit le vertige désormais familier la saisir, comme la porte s'ouvrait. Il se tenait là, dans l'encadrement.

— Béatrice, je tenais juste à vous indiquer que les photos posent finalement un problème : je vais partir en réunion avec le chef de la communication de mon père.

— Vous avez déjà bien assez à faire. Laissez-moi contacter le cabinet du roi.

— Non, votre accès est limité. Je vous verrai plus tard.

Béatrice réprima un soupir. « Accès limité » ; dix à vingt fois par jour, elle se heurtait à cette limite. Les employés du palais étaient tous fonctionnaires et disposaient, selon leur champ d'activité, d'un badge leur ouvrant l'accès à des ressources physiques et électroniques. Grâce à leur sésame « Secteur 4B », les membres du cabinet pouvaient effectuer des recherches de façon quasi illimitée dans les archives ou consulter l'état d'un décret en voie de promulgation… Béatrice ne disposait que d'un badge de stagiaire.

Comme il ne quittait pas la pièce, elle haussa les sourcils. Julius sourit et regarda le gâteau.

— Prenez-le, s'esclaffa-t-elle.

Il ne se fit guère prier et, hypnotisée, elle regarda la bouche ourlée du prince s'enfoncer dans la couche de crème, les framboises et le biscuit praliné. Il la regardait droit dans les yeux comme s'il venait de remporter une victoire difficile, ce qui lui donnait envie de récupérer *son* gâteau directement sur ses lèvres… Par de furieux coups de langue.

Oh ! quel besoin avait-il de lui infliger ce supplice ?

4.

— Le cabinet royal insiste pour que nous apportions une réponse, répéta Jordan.

— Béatrice y travaille.

— Elle cuve encore son week-end. Et je vous prie de nous excuser pour son comportement ce matin, monsieur.

Julius sourit. Personne n'avait jamais osé lui refuser une part de gâteau ! C'était tellement inattendu, tellement puéril et amusant que… Non, impossible de s'en offusquer.

Mais pour une fois, il ne validait pas la conclusion de Jordan. Les yeux rouges et bouffis de la jeune femme, en ce lundi matin, n'étaient pas ceux de quelqu'un qui avait trop arrosé son anniversaire. Plutôt le contraire.

Un drame lors du repas de famille en Sicile ? Une rupture ?

Depuis toujours, il s'en tenait à une règle stricte avec le personnel : ne pas se mêler de leur vie privée, ne jamais poser de question directe. La moindre infraction à ce code risquait de faire boule de neige, de petits malentendus en longues vexations et du quiproquo au mélodrame.

Aussi s'était-il comporté avec Béatrice comme s'il n'avait rien vu. Comme s'il n'était pas curieux de savoir ce qu'elle portait jusqu'au palais dans son grand sac, avec sa tenue d'institutrice sévère et son énergie du lundi. Pourquoi trimballait-elle toujours un sac aussi imposant ? Malgré lui, il était intrigué par cet objet, un modèle classique en cuir souple, très élégant, dans lequel on aurait pu aisément ranger le matériel d'un campeur… Un jour, avant son départ, il lui poserait la question. Ne serait-ce que pour la voir se mettre en colère, ou l'entendre avouer qu'elle ne se séparait jamais de ses trois chats.

Avec elle, il ne s'ennuyait jamais. D'ordinaire, quand on fêtait l'anniversaire de quelqu'un au cabinet, il concédait une brève apparition dans le but égoïste d'assouvir sa gourmandise.

Ce matin, il savait pourquoi il était resté. Il espérait apprendre deux ou trois détails personnels à propos de sa « conseillère spéciale ». Depuis deux mois qu'elle travaillait ici, il ne savait rien d'elle. Rigoureusement rien !

Il se rappelait avoir tout de suite appris de Tobias qu'il couvait d'attentions sa jeune sœur, sourde et muette, et qu'il rêvait d'avoir beaucoup d'enfants. Dès ses premiers jours à son service, Jordan lui avait montré une photo de ses dernières vacances avec son mari, un officier haut gradé de Bellanisia souvent affecté à des déplacements de longue durée. Quant à Despina, Julius en savait bien plus long qu'il ne le désirait sur sa passion de la science-fiction, films, séries et romans, et il pouvait réciter par cœur le prénom de tous ses frères et sœurs…

Dans un bureau, les gens discutaient. Sympathisaient. En révélaient plus ou moins sur leur personnalité. Forcément.

Pas Béatrice Taylor. En dépit des semaines écoulées, elle restait aussi impénétrable que les murs de son bureau : aucun élément personnel. Pas de dessin d'un neveu ou de la fille d'une amie punaisé à la va-vite, pas de tasse fétiche pour le café, encore moins un Polaroid de vendredi soir.

Quand elle repartait en fin de journée, son bureau était aussi immaculé qu'à son arrivée le matin, comme si elle faisait disparaître toute trace de son passage dans son immense sac en bandoulière.

Certains aspects de sa personnalité étaient franchement déconcertants. Par exemple, avant elle, Julius n'avait jamais rencontré une citadine sophistiquée *qui ne se parfume pas*. Il avait le nez sensible et savait distinguer les essences classiques des plus grands parfumeurs européens. Comment était-il possible qu'une spécialiste de l'image portant toujours tailleur et escarpins, se contente de son savon à la lavande et de son shampoing à l'amande douce ? Son odeur de propre était… strictement hygiénique. Cherchait-elle à repousser les hommes ?

La question méritait d'être posée dans des termes plus subtils, maintenant qu'il savait qu'elle n'avait *jamais* dansé. Et qu'il lui arrivait de pleurer.

Or soudain, elle lui avait révélé qu'elle tenait particulièrement à son gâteau… avec des mots presque solennels, des mots très particuliers, les mots qui prendraient hélas bientôt, dans la bouche de Julius et celle de sa future épouse, le sens d'un engagement sacré : « Je le veux ».

Des mots qui n'avaient rien à voir avec le chocolat noir et les framboises même si, apparemment, les membres de son staff ne s'en étaient pas aperçus.

Lui, si.

Il y avait eu tant de ferveur dans la voix de Béatrice, à cet instant-là ! Tant d'intensité ! Il avait enfin senti vibrer en elle ce qu'elle retenait, ce qu'elle bridait si bien – le mystère d'une force qu'elle emporterait en quittant Bellanisia dans trois semaines.

Il avait pourtant très envie de goûter à ce mystère, ce fruit défendu qui, derrière l'apparence d'une petite femme menue et discrète, excitait de plus en plus sa curiosité. Après tout, elle n'était pas une collaboratrice à proprement parler, elle allait se consacrer à d'autres clients dans d'autres pays, et juste avant de s'engager dans la monogamie, une brève relation pouvait éventuellement se…

— Monsieur ? insista Jordan en écarquillant les yeux.

Il reporta son attention sur elle.

— Oui ?

— Je vous disais que les photos peuvent laisser fuiter le message que…

— Que je n'ai guère le désir de signer le protocole d'accord, j'avais compris, coupa-t-il.

— Oui. Et qu'il est d'autant plus important de ne pas commettre de maladresse de communication ces temps-ci. Vous vous rappelez que j'ai suggéré qu'on propose à Béatrice un poste permanent, monsieur ?

— Béatrice n'a pas le pouvoir de calmer les paparazzis.

Secouant la tête, il ajouta :

— Non.

Bon sang, *non* ! C'était à cause d'elle, s'il n'avait toujours pas signé ! Alors si elle ne quittait plus le cabinet… Impossible.

— Monsieur, je me permets d'insister car le niveau d'accréditation actuel de Béatrice l'empêche de saisir les tenants et les aboutissants de votre, euh, situation. Si elle pouvait juger le tableau dans son ensemble, je suis certaine qu'elle réglerait…

— Vous avez vous-même observé plusieurs fois qu'elle n'était pas à l'aise en équipe.

— C'est exact, soupira Jordan. Mais elle est si brillante

que je trouve dommage de nous priver de ses talents au moment où nous en avons le plus besoin.

Il se surprit à sourire. La diablesse ne manquait pas de talent, en effet ! À commencer par celui de l'intriguer. Depuis son arrivée, elle le fascinait. Il savait pourquoi. Béatrice était froide et distante, comme lui. Elle pratiquait l'art de dissimuler ses émotions avec maestria. Sans doute avait-elle réussi à ranger ses sentiments dans son fameux sac…

Or, il brûlait d'y jeter un coup d'œil, moins par indiscrétion que par volonté de comprendre d'où lui venait cette attitude. Et puis, il prenait plaisir à la regarder. Non seulement elle possédait un regard gris-bleu très profond, mais il était captivé par sa blondeur, les petits cheveux échappant parfois à son chignon, révélant sa nuque gracile.

Son père avait suspendu une épée de Damoclès au-dessus de sa tête. S'il voulait se sortir de la situation inextricable où il se sentait piégé, il était peut-être temps de faire confiance à Béatrice et de lui livrer, comme le suggérait Jordan, toutes les données.

— Je vais y réfléchir, concéda-t-il.

Il avait dansé le soir de l'anniversaire du décès de son frère, et cela prenait l'allure d'une affaire d'État… Béatrice ne s'expliquait pas la réaction disproportionnée du cabinet du roi, qui exigeait qu'elle publie un communiqué d'excuses. Or elle était sûre d'elle : ce serait une erreur.

Il y avait pire. La veille, elle avait entendu Philippe, le chef du protocole, prononcer à l'oreille de Tobias le mot « désintoxication », qui confirmait la rumeur du bureau : afin de laver l'image du prince Julius, certains spécialistes de communication auprès du roi prétendaient annoncer qu'il suivrait une cure en clinique ! De la démence, du point de vue de Béatrice. Julius ne souffrait d'aucune addiction, et lui en inventer une ne risquait pas de vernir sa réputation !

Elle réprima un soupir.

— Je peux lire ton texte ? demanda Tobias.

— Bien sûr.

Elle le vit froncer les sourcils au fil de sa lecture.

— « Après avoir commémoré les douze mois écoulés depuis la tragique disparition du prince Claude lors d'une messe à l'église royale, le prince Julius a honoré les coutumes des fêtes hellènes. »

Il releva vers elle un regard perplexe.

— Mais Béatrice, il n'y a pas de *mea culpa* ! C'est vide !

— Exactement, admit-elle. C'est le but, Tobias.

— Tu as vu les titres de la presse ?

— Oui, répondit-elle en dissimulant son agacement.

— Et tu penses qu'on peut annoncer les fiançailles d'un prince juste après ce type de scandale ? insista Tobias.

— Tu es sérieux ? Il va signer ?

Tobias hocha lentement la tête et souffla :

— Tu vas peut-être pouvoir inscrire un mariage royal au sommet de la liste de tes prodiges, finalement.

La porte du bureau s'ouvrit, et elle frémit en voyant Julius entrer.

— Laissez-nous, indiqua-t-il à Tobias.

Sans demander son reste, le jeune homme s'éclipsa, la livrant au face-à-face avec celui qui hantait toutes ses pensées.

— Béatrice, le palais voudrait expliquer mon activité de samedi soir par le fait que je vis très mal mon deuil…

— Il n'en est pas question ! protesta-t-elle. Non.

— Je suis d'accord. C'est leur façon de me faire plier…

— Plier ? répéta-t-elle.

— Oui. J'ai dit aux conseillers que je refuse de me marier sur l'injonction de mon père. Je n'aime pas être mis au pied du mur, et l'atmosphère se charge d'électricité, ces temps-ci. Moi aussi, d'ailleurs.

Elle le considéra avec attention. Jamais elle ne l'avait vu si nerveux.

— Julius…

— Venez, ordonna-t-il en l'entraînant vers le hall attenant, par lequel on accédait au parc.

Ils allèrent s'asseoir sur un banc, face au lac, et un souvenir lui revint en mémoire. Le temps où elle s'installait sur un banc à côté d'Alicia, devant le bureau de la mère supérieure. Elles n'en menaient pas large, car si elles étaient convoquées, ce n'était pas pour recevoir des louanges.

— Qu'est-ce qui vous fait sourire ? interrogea Julius, qui la dévisageait d'un regard inquisiteur.

Elle haussa les épaules.

— Oh ! rien…

— Dites-moi. J'ai besoin de distraction, insista-t-il.

— Juste mon enfance au couvent. Quand nous allions recevoir un blâme, avec ma…

Elle ne put aller plus loin.

— Avec votre quoi ?

— C'est-à-dire que nous nous considérions comme des jumelles, mais nous n'étions même pas sœurs, expliqua-t-elle.

— Ah ? Votre meilleure amie, alors ?

— Oui, acquiesça-t-elle avec émotion. Ma meilleure amie.

Les cygnes n'étaient pas sur le lac. Elle chercha les

paons du regard et ne les trouva pas non plus. Seules les belles grues blanches passaient entre les arbres.

— Ça a un sens très particulier chez les petites filles, n'est-ce pas ? Je veux bien croire que c'est aussi fort qu'un lien du sang. « Meilleure amie »… Ma nièce, Arabella, vient de rompre avec la sienne, et elle en est bouleversée.

— J'imagine, oui ! La pauvre !

— Oh ! je pense qu'elles vont finir par se réconcilier. Cependant, j'ai été impressionné par son chagrin.

Il fixa un canard solitaire sortant de l'eau.

— Vous n'aviez pas de meilleur ami, vous ? questionna-t-elle.

— Heureusement que non ! répliqua-t-il en riant.

— Ah.

Béatrice n'osait imaginer ce qu'aurait été son enfance sans la présence d'Alicia.

— Et alors ? C'était votre comportement ?

Elle le dévisagea sans comprendre.

— Qui risquait de vous valoir un blâme ? précisa-t-il.

— Oh. Non, pas exactement. J'étais la première de la classe, j'avais les meilleures notes dans toutes les matières. Je me faisais convoquer chez la mère supérieure pour association de malfaiteurs, si j'ose dire. Complicité. C'était Alicia qui enfreignait le règlement.

Il sourit avec espièglerie.

— Ah ! vous étiez la jumelle sage !

— Voilà, renchérit-elle.

— Sage et gentille, reprit-il.

— Gentille… Probablement pas. J'étais jalouse, je crois.

— De quoi ?

— Oh ! de beaucoup de choses.

Seule Alicia savait combien elle souffrait de ne pas

savoir créer de lien avec les autres. Béatrice aurait voulu connaître la joie, la soif de vivre, les emportements et la passion de sa meilleure amie. Et puis, il y avait les bijoux…

— Alicia avait des boucles d'oreilles en or, dit-elle. Mais c'est idiot de l'avoir enviée : je suis allergique à l'or.

— Vraiment ? répliqua-t-il d'un ton incrédule.

— Oui.

— Donc, vous étiez le petit prodige scolaire d'un couvent… La mère supérieure était stricte ?

Elle hocha longuement la tête.

— Oui. Nous la respections. Elle nous impressionnait. De notre point de vue, c'était une femme qui savait tout.

— Et les autres religieuses ? Elles étaient sévères aussi ?

Suspendu à ses lèvres, il semblait avide de connaître chaque détail de sa vie au couvent, et Béatrice sentit un léger malaise la gagner.

— Sans doute, mais j'en ai un souvenir flou. Je suis partie faire mes études secondaires ailleurs.

— Vraiment ? Où cela ?

— L'Italie, la Suisse, l'Angleterre… J'ai obtenu une bourse grâce à mes notes en latin et en langues vivantes.

— En latin, mon Dieu… Quelle langue difficile ! Vous étiez la favorite de l'enseignante ?

— Sœur Catherine n'avait pas de favorites, répliqua-t-elle sèchement.

Un courant d'air glacial soufflait dans son cœur, et elle regretta d'avoir prononcé le nom de cette femme.

— Taylor. Ce n'est pas sicilien, observa-t-il.

— Non, admit-elle en souriant.

— Mais alors, vos parents…

La panique s'infiltra en elle.

— Je préfère ne pas aborder ma vie privée, monsieur, lâcha-t-elle tout à trac.

Après avoir observé un bref silence, il sourit.

— J'avais remarqué, murmura-t-il avec gentillesse. Dans ce registre, il me semble que nous sommes très semblables. Sur un pied d'égalité… Et je vais vous prier de m'accompagner à une réunion où vous apprendrez deux ou trois choses à mon sujet.

Comme elle levait vers lui un regard étonné, il ordonna :

— Venez.

— Je vous prie de m'excuser d'avoir fait attendre Votre Altesse, dit Philippe, chef du protocole, en accueillant Julius.

Tous les visages autour de la table étaient graves, et les six conseillers du roi se levèrent d'un seul mouvement à l'entrée du prince, nota Béatrice, avant de s'installer à la place qui lui était réservée et de sortir les trois pages d'agenda officiel.

Julius, lui, resta debout.

— Monsieur ?

Philippe désigna un siège.

— Je vous assure que je suis navré de vous avoir infligé ce retard et que…

— Et que cela ne se reproduira pas, l'interrompit Julius avec dédain. Depuis la mort de mon frère, j'assume ses tâches en plus des miennes. Ainsi que celles de ma sœur, qui donne la priorité à sa famille. Et celles de ma mère, la reine, qui est en deuil.

Il prit l'agenda et le déchira.

— Je passe quelques heures sur mon yacht un vendredi soir, et vous en faites…

— Monsieur, ce sont *les photos* qui nous préoccupent. Il faut répondre à la presse.

— Je vous suggère de ne pas dire un mot de plus, menaça Julius. Que faisait le roi, ce soir-là ? Que faisait la reine ? S'est-on permis de rendre compte de leurs activités ? La lecture d'un roman est-elle moins frivole qu'une danse folklorique ? Travailler dans son bureau, regarder la télévision, prendre un bain… c'est rendre hommage à un mort ?

— Monsieur, intervint un conseiller, le roi voit combien son peuple est troublé par…

— Vous plaisantez ? aboya-t-il. Trouvez-moi un seul habitant de Bellanisia qui se préoccupe de ce que je faisais samedi ! Trouvez-le, et amenez-le ici ! Je ne subirai plus les pressions et les sous-entendus fielleux de ce Conseil. Que ce soit clair : je rends hommage à mon frère et à son existence trop brève comme je l'entends.

Béatrice levait vers lui un regard empli de fierté. Elle n'aurait pas mieux dit !

— Si le mot « désintoxication » me revient une seule fois à l'oreille, messieurs, vous verrez quel genre de communiqué je suis capable de rédiger moi-même pour la presse. Quant à *vous*, vous n'avez pas d'autre dépêche à retenir que celle-ci : en vous excusant à chacune de mes paroles et à chacun de mes gestes, vous mettez en péril mon règne à venir !

Levant le menton, il adressa un regard impérial à chacun avant de marteler :

— Car ne l'oubliez pas, messieurs : tôt ou tard, je serai votre souverain.

Sur ces mots, il tourna les talons, et Béatrice se leva en toute hâte pour lui emboîter le pas. Encore sous le choc de la sortie de Julius, elle courait en rangeant ses papiers dans sa serviette quand, traversant le Grand Hall, elle manqua se cogner à la reine Teiria.

Immobile devant le portrait de son fils, une immense photographie en noir et blanc montrant Claude en tenue officielle, la souveraine avait visiblement attendu la fin de la réunion du Conseil. Béatrice baissa respectueusement la tête et retint son souffle devant la majesté naturelle de cette femme à la stature imposante et au regard impénétrable.

Dans sa robe en velours et son chapeau serti de pierres, elle était aussi belle qu'élégante. Elle avait transmis le noir de ses yeux en amande à ses trois enfants, ainsi que l'épaisseur soyeuse de sa chevelure.

— Julius ! dit-elle en retenant son fils avec autorité.

Elle n'accorda pas un regard à Béatrice.

Le prince s'immobilisa, après avoir esquissé sa révérence.

— Mère… Voulez-vous venir prendre un thé dans mes appartements ? Ou faire quelques pas dans le parc auprès de moi ? suggéra-t-il.

— Je n'ai pas le temps de prendre le thé, et je ne suis guère d'humeur à me promener. Tu t'accordes un peu trop de loisirs, mon garçon. Il est grand temps que tu honores la promesse que tu m'as faite.

Elle fixait son fils droit dans les yeux.

Muette, Béatrice tâchait de se faire toute petite.

— Je ne plaisante pas, Julius, ajouta la reine. Cesse de reporter ce qui doit être fait. Plus de délais.

Soudain, Julius se tourna vers elle, et Béatrice sentit son regard la transpercer.

— Merci, Béatrice, lâcha-t-il d'une voix impersonnelle. Je n'aurai plus besoin de vous aujourd'hui.

Le message était clair. Sans répondre, elle quitta le Grand Hall, laissant la mère et le fils poursuivre leur scène…

Une scène qui lui glaçait le sang.

Il la considéra avec intérêt.

— Et vous n'avez pas trouvé trace d'elle ?

— Ce n'est pas ça. Je ne m'en suis même pas donné la peine. J'ai essayé et... je me suis dit que finalement... il valait peut-être mieux laisser les choses ainsi.

Elle secoua la tête, repoussant les larmes qui lui picotaient les yeux. Recouvrant contenance, elle inspira une longue goulée d'air frais et asséna :

— Oui, ça vaut mieux.

— C'est possible, dit-il avec une gentillesse qui la toucha.

Il l'étonnait par sa patience. En relevant le regard vers lui, elle s'aperçut qu'il comprenait. *Vraiment.* Alors qu'elle ne lui avait pratiquement rien dit.

Un étrange silence passa entre eux. Enfin, elle s'enquit avec douceur :

— Je crois que c'est mon tour de vous poser une question.

Il hocha la tête.

— Allez-y.

Le goût amer du sanglot qu'elle ravalait lui faisait-il perdre la tête ? Elle aurait voulu lui demander si c'était le désir qu'elle lisait dans son regard. Un regard intense et vibrant. Sous leurs longs cils, les yeux en amande du prince l'envoûtaient.

Et soudain, elle revint. La petite voix cruelle et moqueuse, au fond de son esprit. Béatrice frémit. C'était la voix du rejet et de l'abandon. Celle qui lui rappelait qu'on ne voulait pas d'elle, *qu'on ne voudrait jamais d'elle*. Dans le cortège mortifère de cette voix, elle sentit la terreur qui lui infligeait tant de cauchemars, durant son enfance, cette bonne vieille terreur qui l'avait rendue imperméable aux émotions, aux sentiments...

aux relations. Ne s'était-elle pourtant pas juré de ne pas ressembler à sa mère ? De ne surtout pas tomber un jour, dans le miroir, sur le visage de sœur Catherine ?

— Quelle promesse ? lâcha-t-elle enfin.

Il haussa les sourcils.

— Je vous demande pardon ?

— La promesse dont votre mère parlait hier.

Julius détourna les yeux.

— Vous savez bien que je ne peux pas vous répondre, dit-il.

« Accès limité ». Comme si elle venait de recevoir une douche froide, humiliée et blessée, elle se leva d'un bond.

— Dans ce cas, c'est vous qui mettez un terme à cette conversation, répliqua-t-elle. *Monsieur.*

Stupéfait, Julius la regarda s'éloigner. L'évocation d'une amie perdue n'était pas l'équivalent d'un engagement confidentiel dans un contexte royal, donc politique… Et Béatrice comprenait forcément le sens d'un engagement au secret ! Alors comment expliquer une réaction aussi puérile, aussi…

Soudain, l'évidence le frappa.

Non. Béatrice ne comprenait pas.

Il s'agissait d'une femme qui déjeunait toujours seule face à des oiseaux. Qui ne se liait avec personne. Qui avait eu l'impression de se mettre totalement à nu en lui faisant le simple aveu d'une amitié interrompue au moins quinze ans plus tôt !

Béatrice Taylor accomplissait des prodiges face à des meutes de journalistes, elle savait couper court à toute forme d'emballement médiatique en trois mots, mais la base des relations humaines lui était un mystère ! Même un gâteau d'anniversaire se révélait, entre ses mains, un objet saugrenu et non identifié : elle n'avait pas su le couper !

Les bases. Les bases les plus élémentaires liant les gens les uns aux autres – elle ne les maîtrisait pas.

Aussi vite que le lui permettait le protocole, il traversa le parc pour la rejoindre et lança :

— Un instant, s'il vous plaît.

— Pour quoi faire ? protesta-t-elle.

— Parce que nous étions en train de bavarder.

— Moi oui. Mais pas vous, apparemment. Une prochaine fois, je vous ferai envoyer mes questions par coursier avant notre entretien, asséna-t-elle.

— Vous plantez directement les canines dans la jugulaire, l'accusa-t-il.

— Comment cela ?

Elle lui retourna un regard méfiant.

— Quand on veut que l'autre réponde à une question délicate, ou quand on aborde un sujet sensible… on avance à petits pas. On ne saute pas à la gorge de son interlocuteur.

Cette fois, il lut le doute dans ses grands yeux bleu-gris.

— Je venais de vous parler de mon amie, rappela-t-elle.

— C'est vrai.

Sa méthode portait ses fruits, il en était certain.

— Mais rappelez-vous que je vous ai permis de terminer votre récit au moment où vous n'aviez plus envie d'en dire davantage. Au lieu de vous brusquer, j'ai accepté que vous taisiez *tout* le reste. Car il y a *beaucoup de choses* que vous gardez sous silence, au sujet de votre lien avec Alicia. J'ai préféré attendre que vous vous sentiez prête. Je ne veux pas forcer vos confidences.

Sa jolie bouche entrouverte, la petite mèche blonde qui frémissait sur son front immobile, son regard…

Julius sentait ses paroles se frayer un chemin dans la sensibilité de Béatrice.

— C'est vrai, enchaîna-t-il, j'ai eu un mouvement de retrait. Mais nous n'étions pas en réunion, Béatrice. Nous avions le temps de tourner autour du pot.

Il sourit en prenant la direction de son bureau et conclut :

— Savez-vous que ce n'est pas désagréable, de tourner autour du pot ?

« Béatrice, vous êtes si brillante dans vos fonctions que je ne puis imaginer de meilleur allié que vous face aux assauts de la presse, le jour où je signerai le protocole d'accord de mon mariage. Néanmoins, puisque ce jour approche, comme celui de votre départ, ne pourrions-nous passer une nuit ensemble en guise de récompense de nos accomplissements ? »

Julius leva le nez de son bureau.

Non. Pas vraiment jouable, comme préambule…

Par la baie vitrée donnant sur le parc, il vit la jeune femme seule sous un saule, prostrée au lieu de goûter à la salade du chef ou de se goinfrer de petits gâteaux aux myrtilles avec les membres de son équipe.

Elle changeait parfois de banc, elle allait au nord du lac, près des cygnes ou vers sa pointe, à l'ouest, où aimaient se promener les paons ; mais elle déjeunait ici quasiment chaque jour. Seule.

Même à cette distance, il distinguait le visage de la jeune femme, et sa tristesse touchait quelque chose de profondément ancré en lui. Une corde particulière, qu'il n'aurait su définir.

Les autres l'appréciaient. Il constatait qu'elle se liait davantage chaque jour avec Jordan et Tobias. D'ailleurs, son assistante faisait tout pour lui soumettre une offre de travail fixe au sein du cabinet.

Une nouvelle fois, il ne sut résister au désir de la rejoindre.

— Oh ! pardon, je monopolise les bancs proches de votre bureau, s'excusa-t-elle, comme il approchait.

— Pas du tout. Ils appartiennent à tout le monde. Je peux m'asseoir ?

— Bien sûr.

Il sourit. Contrairement à elle, il était entraîné depuis sa plus tendre enfance à converser de n'importe quoi avec n'importe qui, et il aimait le bavardage.

— Les paons criaillent à nous en percer les tympans, observa-t-il. Ils ne vous empêchent pas de déjeuner tranquillement ?

— C'est vrai qu'on ne s'attend pas à ce qu'un oiseau de cette taille fasse tant de bruit, admit-elle.

— Ils sont insupportables. Si je règle mon réveil à 5 heures, ils braillent à 4 heures. Si je veux dormir jusqu'à 7 heures, ils sont debout une heure avant.

Il la vit jeter des grains de maïs dans l'eau et s'étonna :

— Vous nourrissez les cygnes ?

— Seulement le plus petit.

Elle désigna les oisillons noirs du doigt et expliqua :

— Vous voyez celui qui est toujours à la traîne ? Il est un peu chétif, et paresseux, sa mère vient souvent le reprendre sur son dos.

— Oui, c'est naturel…

— Non ! s'exclama-t-elle. Ce n'est pas sain, il devrait être indépendant, désormais. C'est comme pour les chatons : après quelques mois, leur mère ne veut plus en entendre parler, il faut qu'ils aient pris assez de force pour se débrouiller.

Julius retint son souffle. Sa véhémence l'étonnait,

et il ne voyait aucune raison de forcer Mère Nature à accélérer le mouvement.

— Béatrice, vous savez que je pars pour une semaine demain ?

— Oui.

— Et qu'au départ je n'étais pas favorable à votre recrutement ?

Elle sourit.

— Oui, j'avais remarqué.

— Or votre contrat va expirer, reprit-il.

— Dans deux semaines, oui, admit-elle.

Depuis la veille, les remords et la gêne accablaient Béatrice. Julius avait eu raison de la rattraper, raison de lui tenir un discours d'apaisement.

Elle n'avait aucun tact. Au lieu de l'aider à se sentir à l'aise, elle s'était comportée comme un chien enragé, et à l'instant encore, elle s'était montrée agressive, maladroite… Or le temps passait. Elle comptait les jours et redoutait terriblement le dernier, celui de son départ.

Ils regardèrent la maman cygne voguer sur l'onde calme tandis que le petit dernier criait. Elle l'ignorait.

— Et s'il n'est pas encore assez fort pour se débrouiller ? demanda Julius.

— J'espère que le supplément de maïs l'aidera, mais seul celui qui s'adapte a le droit de survivre dans la nature, répondit-elle.

— Je ne regarderai jamais un documentaire animalier avec vous, maugréa-t-il, tandis que le petit piaillait de plus belle.

— S'adapter ou mourir, insista-t-elle en riant.

— Sauf si sa mère revient, observa Julius, comme la femelle cygne nageait en effet en direction du bébé, pour le hisser sur son dos.

— Je ne devrais peut-être pas l'aider, soupira-t-elle.

— Béatrice, à mon retour de voyage… Nous serons très occupés. J'ai eu un long entretien avec mon père ce matin, et nous sommes d'accord pour offrir un peu de gaieté au pays. Je vais signer.

— Oh… Je vois, souffla-t-elle.

— Seul mon cercle le plus étroit le sait.

— Vous pouvez compter sur ma discrétion, répondit-elle.

— Et si je vous le révèle, c'est parce que Jordan va vous soumettre une offre. Pour un poste permanent à nos côtés, au sein du cabinet.

Oh ! bon sang ! Elle s'efforça de rester impassible, de dominer le tumulte de son cœur.

— Nous en avons longuement discuté, elle et moi, reprit-il en souriant.

— C'est que… Je ne m'attendais pas du tout… Enfin, c'est vraiment une surprise, et je…

Elle surmonta son trouble et afficha un sourire courtois pour répondre :

— C'est très flatteur, monsieur. Je vous remercie.

À 14 heures, lorsque Jordan la fit appeler dans son bureau, Béatrice écouta sagement tout ce qu'on avait à lui offrir. Hautes responsabilités, badge avec accès presque illimité aux informations sensibles, assistant personnel, chauffeur, salaire mirobolant… Elle aimait le palais, son travail, la vue magique sur le port depuis son appartement, son quotidien plus réglé et plus gratifiant que l'enchaînement de ses missions à Londres.

La tentation d'accepter était forte !

— Et maintenant, il va y avoir beaucoup de détails à passer en revue, poursuivit Jordan. J'ai prié Deborah de nous rejoindre dans un moment, elle dirige nos ressources humaines.

— Les ressources humaines ? répéta-t-elle d’une voix blanche.

— Oui, pour préciser contractuellement le nombre d’événements auxquels tu assisteras, et…

Béatrice fronça les sourcils.

— Est-ce que je devrai commander tout spécialement des vêtements en fonction d’un code vestimentaire imposé par le protocole ?

Jordan rit.

— Pas à ce point ! Parfois, le protocole impose une tenue de gala, mais tu vas voir, Deborah…

— Jordan, coupa-t-elle, nous n’avons pas besoin d’appeler tout de suite ta collègue, il vaut mieux discuter d’abord en tête à tête.

— La famille royale est la pierre angulaire de notre culture, poursuivit Jordan sans l’écouter. Voici la brochure interne. Tous les employés du palais doivent la connaître. Prends ton temps quand tu la liras.

Elle lui tendit un volume épais. En le feuilletant, Béatrice s’aperçut que rien n’était laissé au hasard. Plan du palais, calendrier, liste de tous les membres de la famille royale et des officiers, récapitulatif historique, explication du fonctionnement des badges… Elle le glissa dans son sac en se demandant comment diable elle parviendrait à mémoriser cette bible.

— Et puis, il y a le passage obligé par l’expertise antiterroriste. Tu vas avoir droit à un interrogatoire en règle au service de sécurité, mais ne t’en formalise pas, nous n’avons pas le choix : tu auras désormais accès à toutes les informations sensibles.

Jordan s’esclaffa et ajouta :

— En contrepartie, tu auras ton téléphone, ta tablette, un accès privilégié au jet royal…

Une image s'imposa soudain à l'esprit de Béatrice. Elle se vit, installée dans le confortable fauteuil d'un jet, derrière le couple royal. Julius et sa femme. Sa femme : une princesse belle et souriante qui, plus tard, serait une reine impressionnante, mère des héritiers de la Couronne.

Béatrice vieillirait en regardant cette nouvelle famille royale de Bellanisia. Elle aurait trente, quarante, cinquante ans... Et elle serait toujours derrière le prince Julius. Le roi Julius oublierait certainement leurs conversations devant le lac, car chaque fois qu'il aurait quelques minutes de liberté, il les consacrerait à son épouse et à ses enfants.

Béatrice Taylor prendrait sa retraite, elle n'aurait jamais embrassé personne, elle serait vieille fille et...

— Béatrice ?

C'était l'inévitable sort d'une idiote émerveillée par un homme hors de sa portée. Une rêveuse imbécile qui, au lieu de profiter de la vie et de tomber amoureuse d'un homme qui saurait l'aimer *réellement*, qui pourrait devenir son mari et le père de ses enfants, préférait se perdre en rêvasseries stériles.

Parce qu'elle n'était qu'une lâche, songea-t-elle. Il était beaucoup plus facile de viser l'impossible que d'affronter la réalité. Elle avait honte de sa froideur, honte d'être si inadaptée à la société !

Elle n'avait pas cherché Alicia. Pas vraiment. Son amie ne pouvait ni lire ni écrire, et c'était à Béatrice de maintenir le contact ! Elle l'avait abandonnée. Pauvre Alicia, toute seule dans ce couvent jusqu'à sa majorité, sans personne à qui confier ses rêves et ses espoirs... Au moins Béatrice avait aimé les études. Son amie ne bénéficiait pas de ce réconfort.

Jordan était en train de parler, et Béatrice l'entendit sans l'écouter.

— … que tu as l'air d'y réfléchir, ce qui est bien normal, et nous pourrons en reparler à mon retour, la semaine prochaine ? Je ne vais pas pouvoir répondre à tes questions avant demain soir, or tu en auras certainement beaucoup à me soumettre.

— À vrai dire, c'est inutile. C'est un honneur de recevoir une telle proposition et je te remercie pour ta confiance, Jordan, mais je ne peux pas te faire perdre davantage ton temps.

— Pardon ?

Visiblement sidérée, Jordan la contempla longuement avant de demander à mi-voix :

— C'est à cause de ton changement de nom ?

— Tu es au courant ?

— On me met forcément au courant de ce que l'on appelle une petite anomalie lors de l'enquête des services de renseignement pour un recrutement. Je t'assure que cela ne pose aucun problème, et que la confidentialité de ton…

— Non, ce n'est pas cela, répondit-elle en souriant. Je préfère les contrats de courte durée, c'est tout. Mais je te remercie de t'être inquiétée de cet aspect des choses.

Jordan se renfonça dans son siège et poussa un long soupir.

— Tu ne veux pas au moins prendre le temps d'y penser, Béatrice ?

— Non, merci.

— Bon. Je suis navrée de l'entendre.

— Ne le sois pas. Merci encore, conclut-elle en se levant.

6.

L'après-midi touchait à sa fin et Julius voulut entendre la grande nouvelle de la bouche de Béatrice elle-même. Car elle restait. Forcément.

Frémissant d'excitation, Julius attendait sa conseillère spéciale. Installé dans le bureau désert de la jeune femme, il espérait que Jordan n'aurait oublié de citer aucun des avantages associés au poste.

Dès que Béatrice entra, il la suivit d'un regard inquisiteur. Son chignon d'un blond cendré s'était défait sans qu'elle s'en aperçoive, et de ravissantes boucles lumineuses cascadaient dans son dos. Comme souvent, elle était vêtue de gris. Sa jupe crayon soulignait la minceur de sa taille, une petite veste dissimulait sa poitrine, et ses escarpins noirs étaient assortis à son irremplaçable sac.

Pas de bijoux.

Un maquillage neutre.

Pourtant, elle exprimait quelque chose de singulier, d'inhabituel.

— Jordan vous a parlé ?

— Oui, répondit-elle en rangeant ses affaires, prête à partir. Elle est d'accord avec moi, vous devriez accepter cet entretien !

Déstabilisé, il haussa les sourcils.

— Quel entretien ?

— Celui dont je vous ai parlé deux fois depuis la semaine dernière. Faire venir des chiots que vous parrainerez dans vos écuries où les poulains viennent de naître, et…

Julius leva les yeux au ciel.

— Ah, oui. Quelle étrange idée. Comme si j'avais l'âge de sourire bêtement au milieu de mes juments et de leurs bébés.

— Accoler votre nom à l'association qui gère les refuges, vous photographier auprès des animaux, ce sera une excellente façon de vous faire connaître sous un autre angle, expliqua-t-elle.

Comme toujours, elle voyait juste ; toutefois Julius n'était pas venu la voir à ce sujet.

— Bien. Mais Jordan vous a parlé du poste ? Un emploi permanent ici ?

— Ah ! Oui, bien sûr, répondit Béatrice en faisant mine de comprendre soudain à quoi il faisait référence.

Mais cela crevait les yeux : il marchait sur des chardons ardents, il voulait savoir. Le cabinet s'était vidé, à cette heure avancée, il n'y avait plus personne dans les couloirs, et Julius était revenu *pour elle*.

Il y avait quelques avantages à s'être montrée si protectrice de sa vie privée, et elle eut envie de se montrer audacieuse. Son sang bouillonnait dans ses veines, et elle se sentait portée par une impulsion grisante.

— Il va y avoir beaucoup de choses à envisager, expliqua-t-elle d'un ton faussement grave. Mon installation dans ce pays, par exemple… C'est une décision que je ne peux pas prendre à la légère. Je dois réfléchir, et je vais commencer par en discuter avec mon partenaire.

Fixant le prince d'un regard insistant, elle retint son souffle. Le coup qu'elle jouait pouvait lui offrir une révélation d'importance. Dissiper le doute, pour le meilleur ou pour le pire. Et son cœur se mit à battre follement dans sa poitrine lorsqu'elle parvint presque à voir Julius se décomposer.

Non, elle ne rêvait pas : il venait de *blêmir*, et une sorte de désarroi subit se lisait dans son regard. Aussitôt, Béatrice éprouva un soulagement indescriptible. Il y avait des semaines qu'elle tentait de décrypter chacune de ses entrées dans son bureau, chacun de ses mots, chacun de ses gestes envers elle…

Lui aussi, il la désirait. C'était évident. Il ressentait la même attirance.

— Je compte avoir une conversation sérieuse à ce sujet avec lui ce week-end, ajouta-t-elle.

— Bien sûr, se hâta-t-il d'approuver.

Ne venait-elle pas de déceler un accent rauque dans sa voix ?

Elle sourit en calant son sac sur son épaule.

— Bon, eh bien… Il vaudrait mieux que j'y aille, déclara-t-elle.

— Oui.

Il se leva, mais resta immobile.

Béatrice *devait* sortir. Lui souhaiter une bonne soirée, traverser le palais, prendre son bus. Comme chaque soir.

— Je vous raccompagne, suggéra-t-il d'une voix étrange en ouvrant la porte.

— Merci, souffla-t-elle en lui emboîtant le pas.

Comme ils arpentaient le long corridor du service de communication, elle ne put s'empêcher d'avouer :

— Je suis au courant, à propos de votre passage secret. Celui qui mène à votre appartement privé.

Julius sourit, s'immobilisa et la dévisagea.

— Tiens donc !

Elle s'était cent fois arrêtée devant la fameuse porte. Une porte ordinaire, comme toutes les autres, sauf que… quelque part derrière cette porte se trouvait l'intimité du prince. La chambre où il emmenait ses conquêtes. Le lit où il dormait – nu, peut-être.

Elle rougit et enchaîna :

— Je le mentionne parce que maintenant que vous allez signer le protocole d'accord matrimonial… Il va falloir vous montrer prudent.

— Vous croyez ?

— Oui, affirma-t-elle, impressionnée par l'intensité de son regard.

Un regard de velours. Un regard qui l'hypnotisait.

— Je pensais que votre rôle consistait à polir mon image. Pas à me moraliser.

Ce n'était ni un reproche ni un avertissement. Juste une remarque prononcée avec aplomb.

— Vous avez raison, répondit-elle. J'ai parlé sans réfléchir.

— Ah ? Pourquoi ?

Le sous-sol du palais royal était une véritable souricière et faisait la fierté de la famille de Julius depuis des générations : outre une centaine de salles et de bureaux administratifs, il comprenait l'ancien système de souterrains et de passages de service. Grâce à cette architecture, il était possible de faire travailler paisiblement les équipes tout en permettant au public de visiter la partie historique du palais… et de réserver son intimité aux membres de la famille occupant les appartements royaux. Le seul espace où tout le monde se retrouvait était le parc – le vrai joyau de la Couronne, en fait. Là où il pouvait toujours espérer un tête-à-tête avec Béatrice, qui était la seule personne de sa connaissance à aimer le lac et les oiseaux autant que lui. Dire qu'elle avait quelqu'un dans sa vie, et qu'il ne s'en était pas douté… Évidemment. Cette jeune femme ravissante et renfermée, brillante et farouche, cette somme de mystères et de paradoxes faisait la délectation d'un homme.

Il déglutit lentement.

La notion de passage secret suscitait toujours autant la curiosité, ce qui faisait sourire Julius et sa sœur, qui avaient passé leur enfance à y chercher un monstre, un trésor ou au moins une chambre secrète. Ils avaient surtout ramassé des toiles d'araignées. Leurs appartements respectifs étaient accessibles par un couloir hélas très ordinaire – murs de plâtre blanc, appliques électriques sobres, sol carrelé. Même l'appartement royal de ses parents avait perdu le faste mythique de son « entrée secrète » creusée à même la roche, éclairée par des torches : il y avait longtemps que la législation du royaume avait imposé isolation, portes coupe-feu et extincteurs dans chaque recoin d'un sous-sol où travaillaient des douzaines de fonctionnaires !

Or Béatrice venait de le surprendre, en évoquant le passage, ses appartements privés et, à demi-mot, son intimité. Cela ne lui ressemblait guère. Devait-il comprendre sa question comme l'aveu d'un fantasme ?

Soudain, en fixant ses yeux bleu-gris, il s'aperçut qu'ils avaient tourné au noir d'orage. La colère l'emportait sur l'embarras !

— Probablement parce que je suis fatiguée. Je vais vous laisser, monsieur, lâcha-t-elle d'un ton pincé. Je crois me rappeler que vous partez demain, et…

— Et vous me faites savoir qu'il est l'heure pour moi d'aller au lit ? demanda-t-il, amusé.

Elle arrima son regard au sien. Une indéchiffrable question brillait dans ses pupilles.

— Julius, ça suffit… On arrête, murmura-t-elle.

Il haussa les sourcils.

— Qu'est-ce qui suffit ? interrogea-t-il, comme si l'air ne venait pas se charger d'électricité.

Comme si, entre eux, l'atmosphère n'était pas devenue lourde. Moite.

— Bon, très bien, dit-elle à voix basse. C'est moi qui commence : je n'ai pas de partenaire avec qui discuter de la proposition qu'on m'a faite. Je cherchais un prétexte pour la refuser avec délicatesse.

Julius s'humecta lentement les lèvres avant de demander :

— Un prétexte ? Pourquoi ? J'aimerais connaître la vraie raison, Béatrice.

Un silence presque surnaturel pesait sur les couloirs déserts du cabinet.

— Non, je vous assure que cela ne vaut mieux pas, dit-elle tout bas.

— Et moi, je vous assure que si.

Elle parut hésiter.

— Bon. Je vais décliner l'offre de poste permanent parce que j'en ai assez de passer mes journées à regarder des photos de vous avec vos maîtresses. De lire les récits de vos exploits sexuels. De vous voir prétendre que vous auriez soudain fait vœu de chasteté alors que…

— Je n'ai pas menti, se défendit-il.

Refusant visiblement de le croire, elle s'esclaffa et poursuivit :

— Vous disposez même d'un tunnel en velours menant directement à votre lit, et…

— Béatrice ! la coupa-t-il en s'approchant pour ôter la bandoulière de son épaule.

Dès que son immense sac tomba à terre, il la plaqua contre le mur et se pencha sur ses lèvres pour les happer avec fièvre.

Béatrice trembla de tous ses membres lorsque la bouche fraîche et ferme de Julius se posa sur la sienne. Il effleura d'abord ses lèvres avec une telle légèreté, de façon si subtile qu'elle crut défaillir. Une nuée de papillons s'envolait dans son ventre, un vertige délicieux la gagnait. Et lorsqu'elle sentit son baiser s'enfiévrer, elle y répondit avec ferveur.

Comme si elle trouvait enfin l'air dont elle manquait depuis des mois – depuis toujours. Cette caresse à la fois si tendre et si emportée dépassait tout ce qu'elle avait imaginé.

Tandis qu'il enroulait sa langue autour de la sienne avec volupté, elle savoura le goût alcoolisé et chaud de sa bouche. Les effluves de son parfum si masculin l'enivraient assez pour qu'elle s'accroche à son cou, découvrant le velouté de sa peau et la texture incroyablement soyeuse de ses cheveux.

Chaque atome de son corps était en train de vivre et de savourer ce premier baiser. Son cœur battait la chamade, elle avait du coton dans les jambes et une boule de feu liquide dans le bas du ventre. Ses seins gonflaient.

Plaquée contre le mur, elle avait envie qu'il se colle davantage contre elle. Goulûment, elle dévora ses lèvres pour approfondir leur baiser. Tremblante, elle enfonçait ses ongles dans sa nuque.

Bientôt, l'étreinte s'embrasa. Béatrice manqua crier de plaisir lorsque les mains de Julius se mirent à errer le long de son corps – ses hanches, sa taille, sa poitrine. En elle se déclenchait un véritable tsunami, incontrôlable.

Poussée par l'instinct – guidée par son seul désir,

puisqu'elle n'avait jamais fait *ça* –, elle se blottit plus étroitement contre lui, écrasant ses tétons durcis contre son large torse. Malgré l'épaisseur de sa chemise, elle percevait la force de sa musculature.

— Pas ici, dit-il en lui prenant la main avec autorité.

Béatrice n'eut que le temps de pousser son sac dans son bureau avant de le suivre par la mystérieuse porte de service. Le souffle court et le cœur battant si fort que ses tempes en bourdonnaient, elle courut avec lui le long du petit couloir menant à un escalier.

Sur chaque marche, il l'embrassait, chaque fois plus follement, plus fiévreusement.

Lorsqu'il la souleva dans ses bras pour la conduire au fond de l'appartement, dans un immense salon plongé dans une semi-obscurité, elle s'abandonna à la puissance de ses bras, assourdie par le tam-tam de son cœur.

À l'instant où il la reposa à terre, leurs regards se rencontrèrent. Béatrice n'avait pas peur. C'était de la folie, de la démence – mais elle n'éprouvait ni angoisse ni nervosité. Le désir avait tout englouti.

— Je reviens, souffla-t-il avant de s'éclipser.

Dans le silence de la pièce, un rayon du soleil couchant filtrait, mordoré, par les épais rideaux de la porte-fenêtre, laissant entrevoir la décoration sobre de la pièce. Grandes toiles signées aux murs, immenses canapés en cuir, journaux jetés partout sur la table basse.

Béatrice ne put s'empêcher de s'approcher d'une console de marbre où trônait une série de photos encadrées. Quelques portraits du prince en tenue militaire aux côtés des différents régiments occupaient une place de choix, mais ce furent les clichés privés qui retinrent son attention.

Le roi et la reine souriants, avec leurs trois enfants,

ici à Noël, là sur une plage. Claude, l'héritier du trône, affichait toujours une expression plus sérieuse que son frère et sa sœur… jusque sur le portrait en noir et blanc qui servait de souvenir officiel.

C'était une famille, réalisa-t-elle. Et royauté ou pas, cette famille était plongée dans la tragédie depuis la mort du fils aîné…

Une image l'intrigua. Elle représentait les deux frères et la sœur. Sourire espiègle aux lèvres, Julius devait avoir quinze ou seize ans et, à côté de lui, Jasmine avait le visage harnaché d'un étrange appareillage, sous la vigilance inquiète de Claude.

Béatrice se pencha. Perfusion et respirateur, finit-elle par observer, saisie par la pâleur de Jasmine, et surtout sa maigreur. De toute évidence, elle avait été *très* malade.

La fameuse promesse avait-elle un rapport avec le problème de santé de la princesse ? Oh ! bon sang… Une culpabilité terrible gagna Béatrice au souvenir de toutes les critiques qu'elle avait exprimées sans détour, sans tact, s'insurgeant contre l'éviction de l'héritière naturelle de la Couronne après le décès de Claude.

Julius s'était-il sacrifié pour sa sœur ? La reine avait-elle exigé de lui qu'il délivre Jasmine de ses responsabilités, afin de la préserver d'une rechute ?

En tout cas… la situation paraissait beaucoup plus complexe qu'elle n'avait voulu le croire. Le simple fait que Julius hésite si longtemps à signer son protocole d'accord marital pouvait être compris comme un refus de prendre sa place sur le trône, après le règne de son père.

Lorsqu'il revint dans la pièce, elle le considéra avec émotion. Il était grand, beau, puissant… et son destin ne lui appartenait pas. Il possédait tout sauf l'essentiel : la liberté.

Son cœur se remit à battre sur un rythme frénétique, et elle se hissa sur la pointe des pieds pour l'embrasser. Sentir à nouveau sa bouche affamée contre la sienne.

Langoureusement, il lui rendit son baiser avant de murmurer :

— Attends.

Elle plongea son regard dans le sien.

Il n'allait pas la repousser ? Pas maintenant ? Pas maintenant qu'elle était incapable d'éteindre le brasier qu'il venait d'allumer en elle ?

— Il y a une règle. Une règle inflexible, Béatrice.

Elle ne dit rien. Elle la connaissait déjà.

— Ce soir. *Rien que ce soir*, poursuivit-il. Une parenthèse. Tu comprends ?

— Oui. Juste ce soir.

— Je veux que tu y réfléchisses. Ce n'est pas un jeu et ce doit être *ton* choix, à toi aussi.

— Mais c'est exactement ce que je veux, assura-t-elle. Un seul soir avec toi, Julius. Rien d'autre.

7.

Plongeant son regard d'un noir d'ébène dans le sien, Julius se mit à caresser doucement son front. Ses doigts glissèrent dans les longues mèches de son chignon défait.

Béatrice frémit de plaisir. Cette caresse si innocente, si tendre, décuplait son envie de faire l'amour avec lui. Elle voulait que ce soit *lui*, son premier amant. Lui et personne d'autre. Parce qu'il était le seul homme à avoir distillé un tel frémissement dans sa chair, jusqu'à la réveiller, la sortir d'un long, trop long sommeil.

Oh non, elle ne nourrissait pas l'ambition de détourner le prince de son destin, c'est-à-dire ses prochaines fiançailles avec celle qui serait un jour reine de Bellanisia.

— Tu en es certaine ? insista-t-il.

— Sûre et certaine, confirma-t-elle d'une voix claire, tandis qu'il entrelaçait ses doigts aux siens pour l'entraîner vers sa chambre.

Une soie de couleur sombre habillait les murs de la grande pièce. Sous la brise tiède du soir, les rideaux se gonflaient, laissant apercevoir un ample balcon. Face à la cheminée monumentale, dans un ameublement réduit au minimum trônait le lit.

Béatrice avait toujours cru qu'elle serait en proie à une effroyable timidité, le jour où elle déciderait de perdre sa virginité. Sans doute parce qu'elle n'avait pas mesuré la force incroyable du désir charnel – parce qu'elle ne se savait pas capable d'éprouver une sensation aussi étourdissante et ravageuse.

Sans hésiter, comme si c'était la chose la plus naturelle du monde, elle ôta sa veste, quitta ses escarpins et déboutonna son chemisier. Elle ne ressentait aucune fausse pudeur. Au contraire, elle le fixait droit dans les yeux, excitée par la flamme qui dansait dans son regard. Le chuintement des vêtements qui tombaient l'un après l'autre à ses pieds la galvanisait.

Lorsqu'elle fut en slip et soutien-gorge face à lui, elle le regarda approcher lentement, tel un félin. Il ne lui fallut qu'un instant pour se dévêtir. Retenant son souffle, Béatrice leva les yeux vers la silhouette massive et harmonieuse de Julius.

Le dessin précis de ses pectoraux structurait son torse large. Ambrée comme un miel de montagne, sa peau était lisse. Une fine toison noire courait sur son ventre, disparaissant sous son caleçon en soie. Elle s'humecta les lèvres. Le tissu était tendu de façon spectaculaire.

En silence, il vint vers elle et, glissant un bras dans son dos, déclipsa son soutien-gorge, qui tomba par terre.

Un volcan sourdait en elle lorsqu'il posa les yeux sur ses tétons roses et dardés, et elle lâcha un gémissement dès qu'il les prit entre ses doigts experts, agaçant leurs pointes, traçant des sillons brûlants sur ses aréoles.

Alors ce fut l'éruption, et elle ferma les yeux. Elle brûlait déjà et pourtant, sa fièvre augmentait à chaque instant jusqu'à la consumer. Des sensations inédites, violentes et délicieuses la traversaient tout entière. Julius avait pris ses seins, ses seins qui épousaient ses paumes – et sa peau si douce. Dans une semi-conscience, elle se sentit basculer sur le lit où il poursuivit sa lente et exquise torture, avant de lui faire franchir un nouveau seuil de volupté…

— Oh ! s'écria-t-elle lorsqu'elle sentit la pointe de sa langue errer sur ses tétons, puis sa bouche aspirer sa chair.

C'était si bon que, par réflexe, elle écarta les cuisses, et sentit immédiatement la main de Julius se poser sur le coton trempé de son slip.

Sauvagement, il reprit sa bouche tout en insinuant sa main dans la toison de son sexe.

Le sang de Béatrice s'était changé en lave. Son corps n'était qu'un brasier, et à chaque nouvelle caresse, l'incendie se propageait. Son cœur battait tellement fort qu'il finirait par exploser. S'agrippant au cou de Julius, elle l'embrassa avec une ferveur démultipliée pour étouffer son gémissement.

Car il venait de glisser ses doigts dans sa vulve, et il n'y avait plus d'air dans ses poumons : elle était sans souffle, pétrifiée par le commencement de ce plaisir inconnu.

Doucement, il détacha sa bouche de la sienne pour la contempler dans les yeux et murmurer :

— Détends-toi.

Sa culotte glissa sur ses chevilles et tomba sur le sol. Frémissante, elle le regarda descendre sur elle, caler son visage entre ses cuisses, et… Une vague merveilleuse monta en elle, comme il lui prodiguait une sorte de baiser incroyable, jouant sur toute la gamme de la douceur et de l'audace en infiltrant sa langue dans les replis de son sexe.

Jamais elle n'aurait cru possible qu'un prince la conduise un jour dans sa chambre et la butine telle une fleur, faisant jaillir en elle un feu d'artifice de sensations inouïes. Cambrée, elle gémit, enfonçant ses ongles dans la chevelure de Julius à mesure qu'elle gravissait les degrés du plaisir, jusqu'à ce que…

— Oh ! oui ! cria-t-elle, secouée de spasmes, à l'instant où il lui donnait son premier orgasme.

Lorsqu'il remonta sur le matelas pour l'embrasser, elle répondit fougueusement à son étreinte, bouleversée par le tumulte de ses sens.

Il lui fallut quelques secondes pour dominer son émotion et le tremblement convulsif de son corps. Puis elle se redressa, pantelante, pour planter son regard embué de désir dans le sien.

Sans un mot, elle posa ses mains en feu sur l'élastique de son caleçon et le lui ôta lentement, les yeux rivés sur sa verge en érection. Énorme. Dressée pour elle…

Une nouvelle fois, elle s'étonna d'être sans appréhension, sans crainte.

— Je te veux en moi, Julius, lui dit-elle. Maintenant.

— Maintenant ? s'enquit-il d'une voix rauque.

— Oh oui, maintenant.

Tel un fauve sauvage, il se redressa aussitôt, la toisant d'un regard explicite.

— Moi aussi, j'ai envie de toi, avoua-t-il.

— Viens, supplia-t-elle en s'allongeant sur le dos.

Elle le vit attraper un préservatif dans le tiroir de sa table de chevet. Il le mit sans la quitter des yeux, bascula au-dessus d'elle et la pénétra d'un puissant coup de reins. La douleur fut immédiate : quelque chose bloquait leur corps-à-corps – la fine membrane qui révélait, en même temps, à son amant qu'elle n'en avait pas connu d'autre avant lui.

Julius était prêt à entrer en elle, à découvrir la fournaise de son sexe, à s'élancer avec elle vers les cimes de l'extase… Et il ne s'était pas *du tout* attendu à se heurter à cette résistance !

Terrifié, il contempla le visage de Béatrice. La douleur ne se lisait pas sur ses traits, mais elle était livide.

Avec une détermination stupéfiante, elle s'accrocha à son cou, le contraignant à reprendre sa position. Non sans l'avoir embrassé de toute sa fougue, elle murmura :

— Viens… S'il te plaît !

— Mais…

— Viens ! coupa-t-elle dans un cri qui résonnait comme un ordre.

Ou comme une supplique, réalisa-t-il, comme une larme brillait au coin de ses grands yeux gris-bleu.

Julius l'embrassa passionnément et revint en elle avec lenteur.

La douleur demeurait intense et Béatrice était sur le point de prier Julius de se retirer quand… elle lâcha prise. Tous ses muscles se détendirent, une sensation de bien-être l'envahit et, au lieu de la douleur, un plaisir merveilleux monta en elle. Un plaisir primitif, qui augmentait en intensité au gré de leur étreinte, et du va-et-vient que Julius imprimait à ses mouvements, sur un rythme originel. Le corps de Béatrice n'était plus que l'instrument de ce plaisir, et elle s'abandonna à la marée qui l'emportait. C'était magique. Penché au-dessus de son visage, Julius guettait chacune de ses réactions.

Bouleversée, elle sourit, et il enfouit sa tête au creux de son cou pour s'enfoncer encore et toujours plus profondément en elle. Béatrice enroula ses cuisses autour de lui et ondula sur la même cadence. Elle ne contrôlait plus rien, et jamais elle ne s'était sentie aussi… libre. Heureuse. Comblée.

Enfin, elle sentit son plaisir culminer et cria en même temps que lui, avant de retomber, en sueur, sur le matelas.

Il lui fallut un long, très long moment pour cesser d'entendre le battement conjugué de leurs cœurs, erratique et fou, puis pour retrouver son souffle.

— Béatrice… Ça va ? s'enquit doucement Julius.

— Très bien, répondit-elle, souriante, sans ouvrir les yeux.

C'était la seule vérité qu'elle connaissait en ce moment : elle allait très, *très* bien.

Dans la poche de la veste de Béatrice, le smartphone se mit à vibrer.

Béatrice ouvrit les yeux. Il faisait noir, dehors. La nuit était tombée. De toute évidence, ils s'étaient assoupis. Elle avait dormi à côté d'un homme, entièrement nue, et… elle n'en éprouvait aucune gêne ! Au contraire, cela lui semblait naturel. Pourtant, d'ordinaire elle était maniaque, ne tolérant aucun bruit, abritant ses yeux de tout risque de lumière sous un masque en soie et…

— Tu ne l'avais pas éteint ? maugréa Julius d'une voix ensommeillée.

— Quelle heure est-il ? répliqua-t-elle.

— Environ 23 heures ?

— Alors je ferais mieux de prendre cet appel, dit-elle en se redressant, prête à aller décrocher.

— Reste ici.

— C'est peut-être important.

— Ça aussi, c'est important, répliqua-t-il en enroulant un bras autour d'elle, la ramenant contre lui.

Retenant son souffle, Béatrice baissa les yeux sur la main de Julius. Ses doigts pianotaient un mystérieux message sur son ventre. Comme si elle était capable de le déchiffrer, ou comme s'il n'était pas sûr de vraiment vouloir le lui transmettre.

Étirant chacun de ses doigts, Julius s'efforçait de contenir la question qui lui brûlait la gorge. Sa colère avec. Car bon sang de bon sang, il ne couchait *pas* avec des vierges !

C'était inenvisageable et exclu, à une exception près : sa future femme – et encore, il ne s'agissait là que d'une tradition surannée, la plupart des princesses de son âge menant, fort heureusement, la même vie que lui avant le mariage ! Pour sa part, il espérait qu'on lui choisirait une épouse ayant amplement profité des plaisirs du sexe avant lui, ne serait-ce que pour porter une responsabilité de moins.

En tout cas… Béatrice l'était. Vierge. Il se sentait tout drôle à l'idée d'avoir été son premier amant. Toutefois, il n'oubliait pas sa frayeur. Il lui avait fait mal. Si elle s'était montrée franche, jamais il ne serait entré en elle comme il l'avait fait, et…

— Mais enfin, pourquoi est-ce que tu ne me l'as pas dit ? demanda-t-il en s'adossant à son oreiller.

La jeune femme se retourna, leva vers lui un regard timide et soupira.

— Parce que si je te l'avais dit, tu m'aurais regardée autrement. Tu aurais cru que j'attendais de ta part une pluie de courriers avec des cœurs roses, des cadeaux, des attentions… Or je voulais juste coucher avec un homme très séduisant.

Stupéfait, Julius ne sut que répondre. Béatrice avait l'art de le décontenancer voire, parfois, de lui clouer le bec. Non seulement son explication était recevable, mais elle était flatteuse… et rassurante.

— Et il est inutile d'en faire toute une histoire, ajouta-t-elle. J'étais sur le point d'engager quelqu'un.

Il fronça les sourcils.

— Comment cela ?

— Oui, euh… Tu vois ce que je veux dire, souffla-t-elle en haussant les épaules. Un professionnel.

— Un gigolo ? lâcha-t-il, incrédule.

Non… Elle plaisantait !

— Oui, pourquoi pas ? C'était juste pour en finir avec ce truc, dit-elle d'un ton détaché.

— *En finir avec ce truc* ? répéta-t-il, incapable de réprimer un sourire amusé.

Béatrice lui rendit son sourire.

— Quelqu'un qui me sortirait, pour mon trentième anniversaire. Avec qui je boirais des martinis punchs, et…

— Pourquoi cette obsession du martini-punch ? s'étonna-t-il.

Elle en avait déjà parlé le jour où l'on célébrait son anniversaire au bureau.

— Je n'en ai jamais bu, avoua-t-elle. J'ai entendu Jordan en parler. Ça m'a paru incontournable.

— Je vois… Et qu'est-ce que te ferait encore découvrir ton professionnel ?

Béatrice arrimait son regard à celui de Julius. Elle aurait aimé y lire de la jalousie et n'y trouvait qu'une simple curiosité.

— Je ne sais pas encore, admit-elle.

Après ce qu'elle venait de vivre entre ses bras, elle n'espérait pas faire d'expérience plus intense – c'était impossible.

— Et pour quelle raison ne t'es-tu pas offert ce cadeau pour tes vingt-neuf ans ? reprit-il.

— Parce que ce sont précisément mes vingt-neuf ans qui m'ont donné envie de changer, l'an prochain.

— De changer, et d'« en finir avec ce truc » ?

— Oui.

— Sais-tu qu'il y a encore à peine un siècle, ici, les princes qui…

— Ne t'inquiète pas, le coupa-t-elle en s'esclaffant. Je n'espérais pas le mariage !

— Oh ! ce n'est pas ce que tu aurais obtenu, répondit-il, mais tu aurais pu te porter candidate au titre de première favorite après avoir…

— Quelle réussite ! railla-t-elle. Mais je ne comptais pas davantage devenir ta maîtresse. Ni ta « favorite » ni une courtisane, ou quel que soit le nom que tu donnes à cette fonction.

Elle détourna le regard, et il crut sans doute l'avoir blessée car il expliqua :

— Ce n'est pas moi qui rédige le règlement, Béatrice. Je m'y soumets. Et je voulais simplement te dire qu'il y a encore un siècle, tu aurais pu choisir une amulette en or.

Elle haussa les sourcils et se mit à rire.

— Dans ce cas, je me réjouis qu'un siècle soit passé ! Je ne saurais que faire d'une amulette et je suis allergique à l'or.

— Personne n'est allergique à l'or, répliqua-t-il. C'est impossible.

— Pourtant, moi si. Ça me donne de l'urticaire. Je crois que je vais aller prendre une douche, si tu veux bien…

— Non, attends ! Je ne t'ai pas dit pourquoi je ne couche pas avec des vierges.

Elle déglutit lentement.

— Ah. Je t'écoute.

Il parut hésiter et plongea un regard empli de gravité dans le sien.

— Parce que je n'ai jamais eu de relation sérieuse, avoua-t-il. Toute ma vie, j'ai su que ma femme serait un jour choisie par des diplomates et des conseillers politiques, et je ne voulais pas risquer de… de me faire du mal. Et de causer un chagrin inutile à quelqu'un.

Béatrice sentit une vie entière de responsabilités peser sur ses paroles. Julius menait une existence à la fois privilégiée et ingrate, voire cruelle.

— C'est ta façon de me dire que ta gêne vis-à-vis des vierges n'a rien à voir avec moi ? demanda-t-elle.

— Rien à voir, en effet, acquiesça-t-il. Et c'est pourquoi j'aime être absolument certain que mes partenaires partagent mon désir d'une liaison très éphémère.

— Sur ce point, je peux te tranquilliser : même une vierge peut avoir envie d'une aventure d'un soir. Tu en as la preuve sous les yeux.

Quittant le lit, elle répéta :

— Je vais prendre une douche. Ensuite, je me rhabillerai, et si on me croise, j'aurai l'air d'avoir travaillé tard.

— Béatrice, ton bus ne circule plus et tu ne croiseras personne. Je vais te faire ramener par mon chauffeur, mais… tu regrettes déjà ? C'est ça ?

— Non.

Il la fixa avec insistance.

— Je ne te crois pas.

— Je t'assure que non, je ne regrette rien. Mais je changerai vite d'avis si je suis aperçue. Je ne veux pas entendre de rumeurs dès mon arrivée demain matin… Tu comprends ?

En silence, il hocha la tête et alla chercher son smartphone.

— Va prendre ta douche. J'irai moi-même chercher ton sac au bureau, et mon chauffeur t'attendra sur le parking privé, en bas de mon appartement. N'aie pas d'inquiétude. Je m'occupe de tout.

Dans le miroir de la luxueuse salle de bains de Julius, Béatrice scrutait son reflet. Elle avait l'impression d'être quelqu'un d'autre, et cela ne se voyait pas. Rien ne révélait ses crampes en haut des cuisses, la brûlure de son sexe, la tension de ses seins ni… la révolution que venait de subir sa sensibilité.

— Voulez-vous prendre un verre ? suggéra-t-il en la voyant revenir dans la chambre.

Lui aussi, s'était rhabillé, constata-t-elle. Il lui rendait son sac et… le vouvoiement.

— Ou dîner ? ajouta-t-il aussitôt.

— Non, merci.

Pourquoi sentait-elle un étrange déchirement dans sa poitrine ?

— Venez, dit-il en l'engageant à le suivre à travers l'appartement, pour la faire sortir par une entrée privée avec parking.

La limousine attendait.

— Je rentre dans une semaine, rappela-t-il en souriant.

— Oui, dit-elle d'un ton absent, prête à s'engouffrer dans l'habitacle, sur la banquette arrière.

— Béatrice… Vous serez là, la semaine prochaine ? insista-t-il d'un ton anxieux.

— Naturellement. Merci pour cette merveilleuse soirée.

Elle claqua la portière. Il fallait tenir. Ne pas céder à l'impulsion. Au désir incompréhensible de faire demi-tour et de rester avec lui.

8.

— Monsieur ?

Julius ouvrit les yeux. Il les avait fermés non pour dormir, mais dans le but de rassembler ses pensées, d'y mettre de l'ordre.

Jetant un coup d'œil par le hublot, même si cela ne servait à rien, il vit son royaume. Quel que soit le trajet, il allait dans la mauvaise direction.

— Monsieur ? répéta le steward.

— Non merci, pas de petit déjeuner.

Comme ils survolaient l'archipel, il sentit sa gorge se nouer en fixant Regalsi. L'île du paradis, ses sables blancs, son eau turquoise… Bon sang, il n'avait pas du tout envie de penser à sa lune de miel !

Pourtant, les dés étaient jetés. Il allait signer ce maudit protocole, sauter dans le grand bain pieds et poings liés. Si seulement il pouvait reporter cette condamnation après son départ !

Il n'oubliait pas que, trois mois plus tôt, il était résigné. Il s'était fait une raison, et puis… Béatrice Taylor était venue de Londres pour s'occuper de son image.

— Pourriez-vous jeter un coup d'œil là-dessus ? s'enquit Jordan en lui tendant une chemise.

— Qu'est-ce que c'est ?

— Une liste de noms. Des personnes susceptibles de

remplir le rôle de Béatrice quand elle nous aura quittés. Parmi ces spécialistes de la gestion d'image, j'ai surligné ceux qui ont déjà travaillé à Bellanisia.

Julius observa un bref silence avant de répliquer :

— Jordan… Je croyais que vous deviez proposer un poste fixe à Béatrice ?

— Oui, monsieur, je l'ai fait. Mais elle n'est pas intéressée. Je vous l'ai signalé dans mon rapport, ce matin.

— Oui, j'ai vu. Mais je n'avais pas compris qu'elle l'avait formellement refusé. Elle l'a fait ?

Il vit l'étonnement dans le regard de son assistante.

— Oui et non. Elle a dit qu'elle préférait les missions courtes. Mais…

Fronçant les sourcils, elle semblait dubitative.

— Mais ?

— J'ai l'impression que la perspective d'une enquête de sécurité a pesé sur sa décision, reprit Jordan.

Julius accusa le choc. Il ne s'attendait certainement pas à ça !

— Qu'est-ce qui vous fait penser une chose pareille ?

— Oh ! cela n'a rien d'une certitude, monsieur, précisa la jeune femme. C'est juste le sentiment que j'ai eu lors de notre entretien. Appelez cela une intuition. Béatrice semblait très détendue au début de la conversation, et elle s'est raidie quand j'ai évoqué l'enquête préliminaire à son recrutement. Elle a changé de patronyme. C'est assez banal et cela ne posait pas de difficulté à nos services, mais…

— Non, j'imagine que non, acquiesça-t-il. Mais pourquoi a-t-elle changé de nom ?

— Elle vient du couvent de Trebordi, monsieur, répondit Jordan avec un regard entendu, comme si Julius était censé saisir l'allusion.

Il la considéra avec une moue perplexe.

— Je ne vois pas… Ce n'est pas en Sicile ?

— Si. Le couvent se charge de l'accueil et de l'éducation des enfants trouvés, un peu comme à Di Dio Bellanisia.

— Oh…

Pour des raisons complexes, à la fois liées à des intérêts politiques et à la préservation d'une culture ancestrale, cet établissement religieux de Bellanisia vivait comme coupé du monde. Julius l'avait visité. Généreuses et dévouées, les moniales se montraient cependant très strictes et les orphelins élevés par leurs soins ne connaissaient pas les loisirs communs à la plupart des enfants. Par coutume, ils portaient le prénom de celle qui les trouvait et on leur donnait un patronyme plus ou moins lié au calendrier du couvent.

— Pour être claire, poursuivit Jordan, je crois qu'elle ne tient pas du tout à ce que quiconque s'intéresse à son passé. Je la comprends. Vous savez, j'ai beaucoup insisté pour qu'elle assiste au Festival des Fleurs, et elle m'a stupéfiée par sa réponse brutale : « Je ne supporte pas les festivals. »

— Je n'en suis pas très fanatique non plus, observa-t-il.

— Néanmoins, j'en suis venue à la conclusion que c'était lié à son nom. Elle s'appelait Festa.

Julius hocha la tête. Oui, c'était plausible. Festa, festival. Pourquoi elle en était venue à détester son nom, c'était un mystère, mais il y avait de fortes chances pour que son allergie aux festivals en soit une conséquence.

— Et… elle viendra, finalement ? s'enquit-il.

Jasmine était censée l'inaugurer. Il avait été annulé l'année passée à cause de la mort de Claude.

— Oui, elle sera là.

— Vous pensez que cela la contrarie beaucoup ?

Julius espérait qu'il aurait témoigné la même délicatesse à un autre membre du cabinet dans cette situation. Que Jordan ne jugeait pas son intérêt pour Béatrice insistant.

— Je ne sais pas, monsieur. On ne sait jamais, avec elle. Personne ne la connaît.

Lui non plus, songea-t-il sombrement. Il avait cru commencer à la cerner, mais… Cette histoire de changement de nom et d'enfance au sein d'un pensionnat changeait la donne.

Il avait tout faux. Sa réaction apparemment excessive quand elle lui parlait de son amie perdue prenait un tout autre sens. Elle lui avait confié ce qu'elle avait de plus précieux, le souvenir de la seule personne qui ait su remplacer une famille. Sa sœur. Comment se remettre de la perte d'une sœur, même fausse, quand on n'avait jamais eu ni père ni mère ?

Rien d'étonnant à ce qu'elle ait érigé un tel mur autour d'elle. Un mur que, pourtant, elle avait elle-même ouvert pour lui. Tandis qu'une coulée acide lui brûlait l'œsophage, il se rappela sa désinvolture, le soir où il avait dit qu'il congédiait les vierges, tout en faisant l'éloge des courtisanes. Dans le lit où elle venait de s'offrir à un homme pour la première fois de sa vie !

Et s'il voulait avoir une chance, une toute petite chance de la connaître…

Il prit une longue inspiration. Il avait une idée. Encore faudrait-il convaincre Béatrice… Oui, il fallait qu'elle accepte une semaine en tête à tête avec lui !

Main sur la poitrine, Béatrice écouta son propre cœur plusieurs fois au cours de la semaine, telle une infirmière veillant sur l'état d'un patient admis aux urgences. Son rythme cardiaque était régulier. Normal.

Son métier consistait souvent à faire accepter au

public une aventure d'un soir pour ce qu'elle était – une aventure d'un soir. Une activité ordinaire ne méritant ni l'envie ni les reproches. Il n'y avait donc aucune raison pour qu'elle ne parvienne pas à s'appliquer les remèdes qu'elle administrait aux autres !

Cette semaine sans le voir lui paraissait néanmoins indispensable. C'était un véritable sas de sécurité. Une transition bienvenue pour rassembler ses esprits, reprendre ses marques.

Le destin se montrait favorable car ces temps-ci les bureaux étaient calmes. Jordan accompagnait Julius, la plupart des employés préparaient sur site le Festival des Fleurs, le roi séjournait sur une autre île de l'archipel pour la semaine, et elle avait l'impression de travailler entre Noël et le jour de l'an quand il ne se passait jamais rien.

Et puis, *il* l'appela. Ce matin-là, les paons faisaient déjà la roue quand Béatrice sortit du bus et traversa l'allée centrale du parc menant au palais.

C'était la première fois qu'elle entendait *sa* voix depuis ce fameux soir. Leur soir.

— Vous êtes au bureau, Béatrice ? s'enquit-il d'un ton impatient.

— Euh, presque, j'arrive…

— Ah ? Non, ne vous précipitez pas, je vais plutôt appeler l'un de mes huissiers.

Il raccrocha alors qu'elle courait vers l'entrée des fonctionnaires, et elle s'immobilisa. Il ne lui avait même pas dit bonjour.

Oh non, il ne fallait surtout pas appuyer sur ce bouton, pensa-t-elle. Les relectures, les flash-back : non. Il s'était montré direct et efficace ? Arrogant et cassant ? Eh bien, rien n'avait changé, car le prince Julius était toujours ainsi, se répéta-t-elle.

Interminable et vide, la semaine s'écoula néanmoins.

Le samedi venu, pour la première fois depuis son arrivée au royaume, elle annula sa leçon de mandarin, n'ayant pas fait les exercices préparatoires. En cherchant des socquettes pour aller courir en baskets le long de la marina, elle s'aperçut qu'elle avait oublié de lancer une machine.

Exaspérée par sa propre attitude, elle enfila des espadrilles, prit son grand chapeau de paille et décida d'aller réviser son mandarin sous le parasol d'une terrasse. Cela l'empêcherait peut-être de ne songer qu'au retour de Julius, qui revenait en principe dans la matinée de son grand audit des hôpitaux du pays…

Pour une latiniste comme elle, le mandarin exigeait une concentration totale : exactement ce dont elle avait besoin. Comme il n'y avait personne sur le port, elle se dirigea vers son café favori, qui était fermé. Étrange. La vie semblait suspendue, au royaume… Intriguée, Béatrice balaya les rues adjacentes du regard et ne vit pas un badaud, pas un marchand de glaces.

Mais soudain, les coups de canon retentirent, et elle lâcha un cri. Puis, levant les yeux au ciel, elle se mit à rire.

Elle était probablement la seule personne de cette ville à avoir oublié le fameux Festival des Fleurs !

Elle poussa un profond soupir. En dépit de son aversion pour les fêtes, elle était curieuse de découvrir la tradition préférée des habitants de Bellanisia, et elle se rendit sur place.

De l'autre côté du palais royal, dans la partie du parc qui longeait un ruisseau et ses douze ponts, au pied de la montagne, étaient alignés des stands. Il y avait de la musique, une foule dense et des cris mais contrairement au festival de Trebordi, seulement des fleurs ! À perte de vue, horticulteurs professionnels et jardiniers amateurs, scolaires et étudiants présentaient rosiers d'exception et infinies variétés de cactus. Fascinée, elle passa devant les vendeurs de graines, les expositions d'herbiers et les jeux de piste proposés aux plus petits. Des fillettes couraient, portant fièrement une couronne de fleurs dans les cheveux. Béatrice reconnut parmi elles Arabella et sa meilleure amie, et se rappela que la princesse Jasmine allait faire un discours.

Émerveillée par la richesse de cette fête populaire, elle s'offrit des bulbes de tulipe pour son balcon, un baume à lèvres à la cire d'abeilles et un savon grec parfumé à la bergamote, parce que… cette note florale était présente dans *son* parfum.

— *Bella, bella* ! s'exclamèrent des dames en parlant de la princesse.

Intriguée par le groupe d'une douzaine de promeneurs exprimant son enthousiasme derrière un stand, Béatrice dressa l'oreille. Les gens disaient que Jasmine était une femme douce et discrète. Ils étaient fiers de leur princesse. Puis les visages se rembrunirent à la mention du prince Claude. Sa mort subite ayant provoqué un deuil national, le Festival des Fleurs avait été annulé, l'année précédente.

Béatrice réalisa qu'elle aurait dû se prêter à cet exercice dès le départ – écouter les gens dans la rue. Car elle fut étonnée de constater à quel point Julius était populaire. Personne ne semblait s'offusquer de sa vie de joyeux célibataire, et on le plaignait de devoir assumer les responsabilités incombant à d'autres membres de sa famille.

Comme le groupe se dispersait, Béatrice s'approcha d'une dame et s'enquit :

— À quelle heure la princesse doit-elle prendre la parole ?

— Non, pas la princesse. Julius, affirma son interlocutrice.

Béatrice venait de voir passer Arabella et sa gouvernante, et elle était certaine que c'était à Jasmine qu'il revenait d'inaugurer le festival : elle fut tentée d'en informer la dame mais préféra hocher la tête avec un sourire et retourner vers l'orchestre.

Au-dessus des musiciens était élevée une grande estrade, et Béatrice resta interdite en y découvrant le prince. Entouré de ses assistants, il était superbe, dans son costume officiel bleu et gris. Arborant toutes ses médailles, il portait de hautes bottes de cuir. Sous le soleil, ses cheveux noirs brillaient et il avait l'air d'un chevalier du temps du roi Arthur.

Ravis de le voir, les gens l'applaudissaient, lui souriaient, criaient des messages d'encouragement et d'affection.

Béatrice s'efforça d'ignorer la douleur qui lui vrillait la poitrine. Toute la semaine, elle avait tenté d'échapper au souvenir de son regard intense, de son visage outrageusement séduisant. Ses caresses envoûtantes et la magie de leur étreinte l'avaient tellement bouleversée qu'elle s'en remettait à peine. Julius lui avait découvert un autre monde – un monde dans lequel elle se sentait épanouie et libre… en lâchant prise. Dans ses bras.

— Depuis mon avion, avant de me poser, j'ai admiré la merveille nationale qu'est le Festival des Fleurs, toutes les couleurs que vous avez rassemblées, comme un long tapis…

Sa voix ! Sa voix grave et veloutée la faisait vibrer. « Béatrice, tu sais mieux que personne que ce play-boy enchaîne les liaisons de courte durée avant le grand saut dans la vie conjugale. C'est *toi* qui as voulu cette aventure. Sois raisonnable et ressaisis-toi ! », s'enjoignit-elle en reprenant lentement sa respiration.

Oh ! elle aurait tout donné pour qu'Alicia soit toujours dans sa vie. Alicia, qui aurait certainement su lui dire pour quelle raison elle avait tellement besoin que le regard de Julius se porte sur elle, en cet instant. Qu'il la distingue au milieu de la foule. Qu'il lui sourie.

Mais non. Il poursuivait son éloge, sans la voir.

— Des couleurs qui ont accueilli nos soldats à leur retour de guerre…

Il rappelait que les potagers privés et les cultures de l'archipel avaient permis à la population de survivre durant la Seconde Guerre mondiale. Plus tard, on avait transformé plusieurs bunkers en serres pour le Festival des Fleurs.

Julius poursuivit en évoquant l'annulation de la dernière édition et la mort de Claude.

Incapable de détacher son regard de l'estrade, Béatrice sentait son cœur s'emballer. Julius parlait avec simplicité, avec chaleur, avec éloquence. Il avait un don naturel pour communiquer avec son peuple.

Il n'était pas interdit d'admirer un prince qui ne manquait ni de charisme ni de talent dans l'exercice de ses fonctions, se dit-elle. En revanche, elle avait couché avec un homme qui lui plaisait parce que c'était simple et sans conséquence… Elle n'était pas censée tomber amoureuse de lui !

9.

— Béatrice ! s'écria Jordan en s'approchant d'elle. Tu es venue, c'est formidable, mais… Je t'avais donné le code vestimentaire.

Au pied de l'estrade où Béatrice était venue saluer ses collègues, la jeune femme fronçait les sourcils en détaillant la tenue de Béatrice : longue robe bain de soleil, espadrilles à lanières et chapeau de paille.

— Je sais, désolée. Je suis venue par hasard. Comment se fait-il que la princesse Jasmine n'ait pas inauguré le festival, finalement ?

— Il est toujours d'usage que ce soit un prince, en tant que chargé de responsabilités militaires, qui s'adresse aux festivaliers, répliqua Jordan. La princesse était prévue en solution de secours.

La réplique était si bien rodée, et Jordan la récita avec tant d'aisance que Béatrice comprit : il s'était produit un incident. Quelque chose d'assez sérieux ou embarrassant pour que soient concoctés cette communication officielle et le plan B. Car Béatrice n'était pas dupe – c'était *Julius*, le plan B, et non Jasmine.

Secouant lentement la tête, Jordan la détailla d'un regard consterné et ajouta :

— Quand même Béatrice, tu aurais pu…

Mettre un soutien-gorge ? C'était sans doute ce que

n'osait dire l'assistante personnelle de SAR, et Béatrice partagea cet avis dès que Julius se dirigea vers elle. Sous la gaze de coton orangée de sa robe, ses seins durcirent.

— Bonjour Béatrice, dit-il en plongeant son regard dans le sien.

Il souriait.

Résistant au désir de se jeter sur lui, elle hocha gracieusement la tête en guise de salut et murmura :

— Bonjour Votre Altesse.

— Vous ressemblez beaucoup à ma conseillère spéciale, mais vous ne vous habillez pas du tout comme elle, reprit-il.

Béatrice accusa le coup. Elle le décevait. C'était évident. Dans un contexte professionnel, elle avait pu retenir son intérêt mais maintenant qu'il la voyait dans une robe de week-end, telle une citoyenne ordinaire, elle était Mme Tout-le-Monde.

Relevant les yeux vers lui, elle enchaîna d'un ton aussi neutre que possible :

— Votre voyage a-t-il été agréable ?

— Excellent. Très riche.

Il valait mieux sourire et se taire pour en rester là, mais elle ne put s'empêcher d'interroger :

— Je pensais que la princesse Jasmine était la marraine de cette édition du festival. Ce n'est donc pas le cas ?

Il resta interdit.

— Monsieur ?

Le silence s'étendit, imposant, embarrassant. Enfin, Tobias se précipita sur le prince pour suggérer :

— Tout est prêt sous le chapiteau, monsieur, si vous voulez bien venir le voir…

— Béatrice, vous nous accompagnez ? s'enquit Julius en la toisant d'un regard indéchiffrable.

Au comble du malaise, Béatrice désigna ses sacs et expliqua :

— C'est-à-dire que j'étais juste venue acheter des bulbes et me promener, et je n'avais pas prévu d'apparition dans un contexte professionnel ici avant demain, alors je…

— Tobias, voulez-vous nous laisser un instant, s'il vous plaît ? Je souhaite mettre Béatrice au courant de la situation.

Prise de court, elle se laissa entraîner sous l'estrade et balbutia :

— Je ne savais pas que je vous verrais ici, Julius, je suis passée par hasard et…

— Je sais, coupa-t-il.

Ils étaient seuls, elle avait follement envie qu'il l'embrasse, ce n'était pas possible et, désespérée, elle s'entendit protester :

— Pourquoi ne pas m'avoir envoyé un seul texto ? Pas un seul appel en votre absence ?

À peine ces mots amers eurent-ils franchi le seuil de sa bouche qu'elle en fut accablée de honte. Elle ne respectait pas leur accord et – pire – elle mettait elle-même en péril la réussite de sa mission auprès de lui !

— Je… Je suis navrée. Que se passe-t-il ? reprit-elle très vite.

Il se pencha à son oreille, et elle sentit un courant d'air glacé la parcourir. Sa sœur avait fait une crise de panique et laissé une simple note annonçant qu'elle prenait le large quelques jours avec son mari, leur fille Arabella profitant de ses vacances avec sa meilleure amie.

Personne ne savait où se trouvait Jasmine – et cela n'avait plus guère d'importance.

— Oh ! mon Dieu…

— Ne me posez aucune autre question pour le

moment, prévint-il d'une voix ferme. Tout est normal, j'assume les fonctions attendues de ma part au Festival des Fleurs. Compris ?

— Compris, répondit-elle en hochant la tête.

Il baissa les yeux sur sa tenue et s'attarda sur sa poitrine. Un sourire moqueur se dessina au coin de ses lèvres, et Béatrice sentit ses joues s'enflammer.

Elle déglutit à grand-peine et, comme il sortait, lâcha dans un murmure :

— *Monsieur.*

Cinq jours, songea Béatrice en descendant du bus le lundi suivant, son gobelet de café en main.

Seulement cinq jours ! Elle avait l'impression que sa vie s'effritait comme les derniers chocolats d'un calendrier de l'avent.

Son contrat s'achevait et elle ne se pardonnait pas son attitude au Festival des Fleurs, le samedi. Comment avait-elle osé adresser des reproches à l'homme avec qui elle avait passé un contrat très clair ? Dans un contexte pareil ?

Elle n'avait pas osé revenir le dimanche soir, comme prévu. Même les paons parurent comprendre qu'elle avait besoin de réconfort, car ils firent la roue juste devant elle.

— Merci, dit-elle avec gratitude avant de poursuivre dans l'allée latérale menant aux écuries.

Non sans satisfaction, elle reconnut le logo de l'association sur la camionnette garée à proximité, et repéra plusieurs voitures de la presse écrite.

Un moment après, un bébé labrador dans les bras, Béatrice riait en se laissant lécher le menton, tandis qu'un palefrenier présentait un poulain à une photographe. Sur son superbe étalon noir, Julius livrait quelques souvenirs personnels à propos des chevaux et de l'équitation.

Plusieurs membres de l'association veillaient sur les chiots, des garçons d'écurie sur les poulains, afin que le rapprochement des deux espèces ne provoque ni coup de sabot ni envie de mordre.

Les photos et l'entretien se déroulèrent si bien que le prince y consacra la moitié de la matinée. Enfin, comme la camionnette s'éloignait, il lui proposa de rentrer au bureau avec elle.

— Mais avant…

Il l'entraîna au fond de l'étable, derrière les box, et demanda :

— Tu vas me dire tout de suite pourquoi tu étais dans une telle colère contre moi hier, Béatrice !

— Mais, euh… Je n'étais pas exactement en colère… Disons plutôt que… Euh…

— Assez en colère pour risquer un esclandre en public au motif puéril que je ne t'ai pas envoyé de texto ! accusa-t-il.

— Je ne m'attendais pas à vous… à *te* voir, et tu m'as reproché ma tenue, alors je…

— J'ai juste dit que tu ne ressemblais pas à ma conseillère spéciale, ce qui était un trait d'humour ! s'emporta-t-il.

S'approchant d'elle, il renifla ostensiblement et ajouta :

— Tu ne sens pas non plus comme ma conseillère spéciale. C'est un crime de le dire ?

Béatrice rougit. Elle avait étrenné son nouveau savon le matin même… Il avait le nez fin.

— Non, répondit-elle en haussant les épaules.

Leur tête-à-tête la troublait, l'aura charismatique de son immense corps d'homme la troublait, ses reproches la troublaient.

— Sincèrement Béatrice, tu pensais me voir descendre

de l'estrade, te prendre dans mes bras et t'embrasser ? Comment aurais-je trouvé le temps de t'envoyer des messages en mon absence ? Jordan a conservé mon smartphone pratiquement vingt-quatre heures sur vingt-quatre : je me suis entretenu avec des malades, des médecins, des maires…

— On ne peut pas rester là, chuchota-t-elle, comme elle entendait une porte claquer sur le passage d'un palefrenier.

— Non ? Pourquoi pas ? Tu ne veux pas que je te renverse sur un tas de paille au fond d'une écurie ? répliqua-t-il en plongeant son regard de braise dans le sien.

Ignorant l'excitation qui montait en elle, elle protesta :

— Arrête. Rentrons au palais, sinon les membres du cabinet penseront que…

— Que je cache bien ma passion des labradors, coupa-t-il. Parce qu'aucun d'eux ne croira jamais que je coucherais avec une employée.

C'en était trop. Ses reproches étaient sans doute justifiés, mais cette arrogance teintée de mépris la crucifiait.

— Je rentre au bureau, annonça-t-elle.

— Oh non, Béatrice, s'insurgea-t-il en la retenant par le bras. Nous allons faire quelque chose de beaucoup plus imprudent que le sexe : nous allons parler.

— J'ai du travail ! plaida-t-elle, terrifiée.

— Eh bien, si on te demande où tu étais passée, tu répondras que Son Altesse a souhaité parler des événements de samedi matin.

Il la relâcha et désigna un vieux banc en bois au fond de l'écurie.

— Viens t'asseoir, ordonna-t-il.

À contrecœur, elle lui obéit, et il prit un tabouret de

dressage pour s'installer face à elle, lui bloquant l'accès à la sortie.

— Je n'ai pas envie de coucher avec toi dans un tas de paille. Je l'ai déjà fait.

Une lame s'enfonça dans sa poitrine, mais elle réussit à articuler d'une voix acide :

— Tiens donc. C'est curieux, ça ne m'étonne pas.

— Il faisait nuit, j'étais jeune et je n'en conserve aucun souvenir, reprit-il.

— De mieux en mieux…

Il sourit avant de retrouver son sérieux et de s'enquérir :

— Pourquoi as-tu refusé mon offre ? Un poste permanent avec chauffeur et assistant personnel ?

— Nous avons couché ensemble, rappela-t-elle.

— Tu as dit non à Jordan quelques heures avant. Dis-moi la vérité. C'est cette histoire d'enquête des services de sécurité ?

Béatrice releva le menton et asséna d'un ton fier :

— Pas du tout. Jordan a voulu croire que c'était un problème essentiel pour moi.

Elle haussa les épaules en ajoutant :

— J'aurais pu la détromper mais je n'ai pas vu l'intérêt de le faire puisque de toute façon je déclinais.

— Sa déduction est assez compréhensible, observa-t-il. Tu es revenue bouleversée de ton séjour sur l'île de Trebordi.

— Qu'est-ce que ça peut te faire ? opposa-t-elle, à la fois sidérée et furieuse qu'il ait perçu son chagrin à ce moment-là.

— Beaucoup de choses, dit-il avec calme. Allons, s'il te plaît…

Il lui sourit et poursuivit d'une voix radoucie :

— Tu m'as parlé de ton amie. Ta sœur. Tu m'as confié

que tu étais partie à sa recherche, puis que tu avais renoncé. En partant en voyage, j'apprends qu'à dix-neuf ans tu as changé de nom, passant de Festa à Taylor.

Béatrice réprima les larmes qui lui montaient aux yeux, prit une grande inspiration et répondit :

— Je détestais mon patronyme. Les nonnes m'ont appelée Festa parce qu'elles sont parties du principe que ma mère était venue à la fête annuelle du village, avant de me…

Elle secoua lentement la tête et reprit :

— C'est vrai, je suis retournée là-bas, mais je savais qu'Alicia était partie. La fête n'est plus donnée non plus.

Elle lut une empathie sincère dans son intense regard sombre.

— Je suis désolé, dit-il.

— Ne le sois pas. Je te l'ai dit, et c'est la vérité : c'est ma faute. J'ai rompu le contact avec elle.

— Je parlais de tes parents, précisa-t-il.

La jeune femme observa un long silence.

— Écoute, je suis très mal placé pour me représenter ce que tu ressens, avoua Julius.

Pas de parents, pas d'héritage, pas d'histoire. Pourtant, c'était un aspect de la personnalité de Béatrice dont il se sentait particulièrement proche. Encore un paradoxe, sans doute, mais sa solitude lui paraissait semblable à la sienne.

— Parce que si tu vas faire un tour dans le Grand Hall, tu trouveras un portrait de mes aïeux à peu près à chaque génération depuis 1754… Et la première chose que tu remarqueras sur le portrait du fondateur de notre lignée, c'est la ressemblance. C'est fou ce que nous sommes semblables, lui et moi. Je le surnomme Bonny Prince Julius.

Enfin ! Il était parvenu à la faire sourire, et il osa questionner :

— As-tu essayé de trouver ta mère ? Veux-tu que je t'aide à…

— Je ne vois pas pourquoi je partirais à la recherche d'une femme qui m'a déposée devant une « porte à bébés », une déchetterie d'orphelins ! Ses intentions étaient claires, non ?

Touché par sa douleur, il prit sa main dans la sienne. Même si sa peau le troublait, même s'il devait juguler son désir. Il voulait qu'elle comprenne qu'il était de son côté.

— Béatrice, c'était sans doute une très jeune femme, voire une jeune fille terrifiée par ce qui lui arrivait, et cherchant une solution pour que son enfant survive. Nous avons un couvent de ce genre à Bellanisia, et j'ai eu l'occasion de discuter avec des familles qui…

— Je t'en prie, l'interrompit-elle en levant vers lui un regard implorant.

Mais il refusait de lui permettre de fuir. Pas cette fois.

— A-t-elle laissé un signe de reconnaissance ?

— Je n'ai pas envie d'en parler.

— Béatrice, accorde-lui au moins le bénéfice du…

— Arrête, Julius ! Même Alicia a eu droit à quelque chose : une paire de boucles d'oreilles en or ! Moi, à rien ! Rien, tu entends ? Je me fiche de ma mère, je ne veux pas entendre parler d'elle ! Alors s'il te plaît, restons-en là !

— Mais…

Bouleversée, elle fit un bond vers la porte de l'écurie et partit à toutes jambes. Julius serra les poings. Quel imbécile ! Il s'y était pris comme une brute, et… Il n'avait pas le droit de courir.

Protocole oblige, il sortit avec flegme et traversa le parc d'un pas aussi paisible que déterminé. Pour son soulagement, son intuition était juste : la jeune femme n'était pas rentrée directement au bureau et s'était installée sur son banc favori, devant les cygnes.

— Béatrice…

— Je regrette de m'être emportée, lâcha-t-elle d'une voix neutre.

Il la contempla attentivement. Elle s'était recoiffée et se tenait très droite. Béatrice Taylor, l'impeccable Béatrice Taylor avait repris le dessus.

— Il n'est pas facile de trouver une nouvelle norme dans notre relation, nota-t-il.

— Non, en effet.

— Et cependant, je veux davantage qu'une soirée, Béatrice. Je vais bientôt me marier, et…

— Et tu n'es pas amoureux de moi, coupa-t-elle en souriant.

Julius haussa les sourcils.

— Bien sûr que non ! s'exclama-t-il en partant d'un rire nerveux. Pour autant, je n'ai pas envie d'en rester là. J'ai un cadeau pour toi. J'ai posé un nouveau délai avant la signature du protocole et dès la fin de ta mission, ce week-end, je souhaite t'emmener passer huit jours à Regalsi.

Un long silence suivit son offre. La jeune femme avait l'air de peser le pour et le contre.

— Une semaine à Regalsi ? Toi et moi ?

Il acquiesça en silence.

— Pour faire quoi ?

— Ce que tu ne t'autorises *jamais* à faire. Se détendre. S'amuser. Prendre du bon temps, expliqua-t-il d'un ton moqueur.

Elle lui retournait un regard indécis.

— Je suis plutôt adepte du farniente, admit-il. La

plongée sous-marine, le ski nautique… Ce n'est pas pour moi.

Après avoir observé un long silence, elle laissa tomber sa sentence en une syllabe :

— Non.

Julius serra les poings. Quelle tête de mule !

— Pourquoi « non » ?

— Parce que tu vas bientôt passer ta lune de miel avec ta femme à Regalsi, répondit-elle.

— Oh ! ne joue pas ce jeu-là, s'il te plaît ! s'offusqua-t-il. Tu ne sais même pas qui sera ma femme ! Moi non plus. Pourquoi dire non à cause de quelque chose d'aussi abstrait ?

Elle haussa les épaules et soupira.

— C'est juste que… je ne pense pas que ce soit une bonne idée, Julius.

— Tu refuses de passer une semaine avec moi ?

— Ce serait… inutile. Cela reviendrait moins pour toi à gagner du temps qu'à jouer avec le feu. Car de toute façon, tu signeras le protocole d'accord matrimonial et tu iras un mois à Regalsi avec ta future épouse, Julius.

C'était inouï. Elle repoussait l'instant présent au bénéfice d'un avenir certes sombre, mais encore vague !

— Une semaine entière sur une île déserte, rien que toi et moi, Béatrice, souffla-t-il. Je n'ai pensé qu'à te retrouver pendant que j'étais en tournée dans le pays et… Avec un peu de chance, au bout de huit jours de tête-à-tête nous serons rassasiés l'un de l'autre et heureux de tourner la page.

Il voulait le croire. Il *fallait* qu'il se raccroche à cet espoir. D'une façon ou d'une autre, Béatrice Taylor devrait sortir de son système. De toutes ses forces, il désirait cette semaine de pur plaisir avec elle. Pour mieux la connaître. Pour qu'elle le connaisse mieux.

À court d'arguments, il allait la supplier quand une idée lui traversa l'esprit.

— Si tu penses toujours aussi souvent à Alicia, si elle te manque tellement, c'est que tu entends encore sa voix quelque part en toi, n'est-ce pas ?

Elle tourna soudain vers lui un regard intrigué.

— Comment le sais-tu ? chuchota-t-elle.

Julius sourit.

— Si elle était ici, qu'est-ce qu'elle te conseillerait ?

Béatrice se rembrunit.

— Je ne suis pas certaine que j'écouterais les conseils d'Alicia dans ce domaine. Elle était très amie avec un garçon, Dante Schinina, et crois-moi, c'était un vrai sauvage. Ils allaient nager ensemble dans les rapides, on les apercevait la nuit au cimetière et… La mère de Dante était la prostituée du village.

Julius écarquilla les yeux avant de s'esclaffer :

— Bigre ! J'aurais aimé connaître ta jumelle !

La jeune femme sourit et se leva.

— Je rentre au bureau.

— Béatrice… Réfléchis. Ne ferme pas la porte et prends le temps de penser à ce que je te propose. Arracher une semaine à mon emploi du temps relève de l'exploit, et quand tu seras rentrée à Londres… C'est maintenant ou jamais.

Refusant de perdre espoir, il la regarda s'éloigner. Avec elle, tout était possible : qu'elle reste inflexible ou qu'elle change subitement d'avis.

Aucune femme ne lui avait paru si insondable.

10.

Une liaison avec un prince qui non seulement était son client, mais dont le royaume attendait le mariage !

C'était ce qui aurait dû préoccuper Béatrice. Préserver la réputation qu'elle avait acquise à la sueur de son front. Ne pas risquer de tout perdre.

Oui, si elle avait été dans son état normal, elle aurait avant tout pensé à sa carrière. Or ce n'était pas la raison pour laquelle elle refusait une semaine avec lui. Pas du tout ! Elle craignait beaucoup moins pour son travail que pour son cœur – trop tard. Julius le lui avait pris.

Était-elle en train de commettre une erreur fatale ? Pourquoi repousser ce cadeau ? Huit jours et sept nuits, c'était tellement davantage qu'elle n'osait en rêver, le soir où elle l'avait suivi dans son appartement privé.

Toute une semaine de passion, d'aventure, d'exotisme…

Inutile de se demander ce qu'en penserait Alicia. Son amie n'aurait qu'un mot à lui crier : « Fonce ! »

Assise à son bureau, Béatrice se passa une main sur le front. Oh ! bon sang, si elle y allait, si elle partait avec lui… au bout de huit jours, elle serait encore plus désespérément amoureuse de lui !

Oui. Amoureuse.

Elle était déjà certaine de l'être, corps et âme, quand

Julius lui en offrit une confirmation superflue. Deux coups légers furent frappés à la porte de son bureau, et il entra.

La façon dont sa respiration se bloquait, cette douce chaleur qui la gagnait, et la certitude qu'il était la personne la plus importante de sa vie…

Il s'était infiltré sous sa peau et n'en partirait probablement jamais.

— Il y a un problème ? demanda-t-elle d'un ton faussement neutre.

— Aucun, répondit-il en venant s'installer face à elle, un large sourire aux lèvres.

Son costume de lin clair, d'une élégance à tomber, soulignait le contraste de sa peau ambrée et de sa chevelure noire.

— C'est pour toi, dit-il en posant un petit paquet sur la table.

— Pour… Pour moi ? répéta-t-elle.

Béatrice avait reçu fort peu de cadeaux dans sa vie, et elle baissa les yeux sur la ravissante boîte noire ficelée d'un ruban d'or.

Le cœur battant, elle l'ouvrit et resta bouche bée devant le contenu. C'était un petit paon en cristal dont les plumes étaient serties de pierres blanches… des diamants ! Minuscule, travaillé dans les moindres détails avec une finesse surnaturelle, il était incroyable. Jamais elle n'avait vu un objet si ravissant !

— Il est prodigieux, Julius, c'est un chef-d'œuvre, mais… Je ne peux pas accepter.

— Bien sûr que si.

Béatrice pensa à la carte d'anniversaire qu'elle avait fait encadrer et qui trônait sur sa table de chevet. Jamais elle ne s'en séparerait. Pouvait-elle se permettre de vivre dans un environnement où tout lui rappellerait Julius ?

À chaque instant de sa vie, ce paon la renverrait à ce qu'elle avait perdu – sa vie dans une ville qu'elle adorait, la rencontre quotidienne avec les cygnes noirs et les paons blancs et… lui. Le premier homme de sa vie. Le seul à avoir su pénétrer son cœur.

Maîtrisant mal son chagrin, elle sentit que pour elle, toute sa vie, il s'agirait d'un cadeau de rupture anticipé ou du cruel souvenir de ce qui lui manquerait le plus – lui.

— Non, je ne peux pas, dit-elle avec douceur, reposant le paon dans sa boîte.

Le visage de Julius se décomposa, et un long silence pesa entre eux. Enfin, il demanda d'une voix spectrale :

— Qu'est-ce que tu veux, Béatrice ?

Tristement, elle lui tendit la boîte et répondit :

— Ce que je voulais, je l'ai déjà eu. Un soir avec toi.

— Non, ce n'est pas vrai. Je ne te crois pas, protesta-t-il en rivant son regard au sien.

Julius se montrait souvent arrogant, autoritaire et impatient. C'était également un homme poli, qui avait de l'esprit et beaucoup d'humour. Béatrice pouvait affirmer qu'en revanche elle ne l'avait jamais vu se montrer impulsif…

Pourtant, sans un mot, il se leva et disparut.

Sa nouvelle tasse à café portable avait une fuite. Béatrice s'aperçut qu'elle avait plusieurs taches sur sa jupe alors qu'elle se tenait devant le lac, à compter les bébés cygnes dans la panique : il n'y en avait que six ! Le plus petit, le plus faible n'était pas là.

Funeste présage ? Non, elle refusait de se montrer superstitieuse. Il ne lui restait que deux jours à vivre sur l'île de Bellanisia.

Deux jours…

— Bonjour, Béatrice.

Livide, elle se retourna et vit Julius approcher.

— Je… Je croyais qu'il valait mieux nous ignorer, murmura-t-elle.

— Sans doute, répondit-il. Mais pas aujourd'hui : je ne serai pas présent vendredi, pour ton départ, et je suis venu te dire au revoir.

Lentement, elle rassembla son courage et sourit pour répondre :

— Au revoir, monsieur. J'ai entendu dire que vous allez signer le protocole d'accord matrimonial incessamment sous peu, et je vous présente mes félicitations.

— Je les refuse, lâcha-t-il avec un flegme déstabilisant.

— Mais…

— Et d'ailleurs, je n'ai toujours pas signé. Mes parents m'ont conçu uniquement pour que je serve de remplaçant si d'aventure mon frère décédait avant d'accéder au trône. Je me contente de remplir mon devoir. Après trois mois ici, au sein de mon cabinet, tu le sais forcément. Béatrice…

Il fit un pas vers elle pour poursuivre :

— Je suis fou de toi. Je n'ai qu'une semaine à t'offrir mais une semaine dont nous pourrions chérir le souvenir jusqu'à la fin de notre vie. Une semaine qui suffirait à conjurer toutes les années que tu as passées à te fuir et à te cacher.

— Je… Je ne veux pas partir avec un homme qui a signé l'engagement solennel d'en épouser une autre.

— Je n'ai pas choisi de le faire, plaida-t-il. Ce n'est pas *mon désir*, Béatrice, c'est *mon destin* !

Le mot réveilla aussitôt en elle le traumatisme, et sa mâchoire se crispa malgré elle.

— J'ai déjà été sacrifiée au nom d'un destin supérieur, merci bien, répliqua-t-elle.

— Pardon ?

— Ma mère ! avoua-t-elle. Elle L'a choisi, Lui, à ma place !

Jetant un coup d'œil vers la portée de bébés cygnes où manquait toujours le plus petit, elle enchaîna :

— Je ne t'ai pas dit toute la vérité. Je sais qui est la femme qui m'a mise au monde sans pour autant mériter d'être appelée une mère. À dix-neuf ans, je suis retournée au couvent et j'ai appris qu'il s'agissait d'une religieuse.

Julius paraissait surpris.

— Une religieuse ? Elle sortait du couvent pour retrouver son amant ?

— Non. Elle est tombée enceinte alors qu'elle était novice, expliqua-t-elle. Elle a rencontré un homme qui lui plaisait, elle a passé quinze jours exquis en sa compagnie, puis elle a pris le voile sans un regret, et paf, elle m'a jetée devant la porte des déchets.

— Ne dis pas cela, tu…

— Je l'ai entendu de sa propre bouche ! le coupa-t-elle, incapable d'éteindre la colère qui la consumait depuis dix ans.

Une colère si profonde, si puissante qu'elle ferma un instant les yeux afin de pouvoir s'exprimer sans bouillir.

— J'étais également venue pour Alicia, raconta-t-elle. La voir ou obtenir ses coordonnées. Et je me suis retrouvée face à une femme que j'avais côtoyée durant toute mon enfance, sans qu'elle me témoigne *un seul* geste de tendresse. Une femme à qui je ressemblais tellement que, lorsque j'ai eu douze ans, les nonnes ont jugé plus sage de me faire disparaître. Elles m'ont envoyée à Milan, puis en Suisse et finalement en Angleterre, afin que je suive des études le plus loin possible de sœur Catherine.

— Oh ! mon Dieu, Béatrice…

Il lui prit la main et s'assit près d'elle sur le banc.

— Toutes les nonnes savaient, alors ? insista-t-il.

— Toutes, confirma-t-elle, sauf la mère supérieure, qui a deviné la vérité quand j'ai atteint onze ou douze ans.

Elle secoua lentement la tête et ajouta :

— Sœur Catherine ne m'a pas seulement abandonnée à ma naissance. Elle m'a abandonnée tous les jours de mon enfance. Toutes les nuits où je faisais d'affreux cauchemars, tant je voulais retrouver mes parents. À chaque cours de latin que je prenais avec elle, et où elle me manifestait la plus totale indifférence. Je rendais pourtant des copies brillantes.

Visiblement, Julius ne savait que dire. Elle se sentait soulagée de lui avoir fait cet aveu. La colère qu'elle lisait sur son visage lui mettait du baume au cœur. Ce cœur dont il s'était emparé sans qu'elle s'en aperçoive, et sans le vouloir lui-même.

— Je ne te demande pas de m'épouser, murmura-t-elle. C'est impossible. Je le sais. Mais je ne veux pas m'introduire subrepticement dans un tunnel pour rejoindre ta chambre, ni partir me cacher avec toi sur une île déserte avec le tic-tac de l'horloge dans les oreilles... Je sais que tu *dois* devenir roi. Que tu protèges Jasmine de l'accession au trône. Et si je ne l'avais pas compris tout de suite, ce qui s'est produit au Festival des Fleurs m'a ouvert les yeux.

Un long silence suivit sa tirade.

— Ma sœur a besoin d'une vie paisible, confirma-t-il. Sa santé est fragile et il a toujours été convenu que s'il arrivait quoi que ce soit à mon frère, je devrais me sacrifier.

Elle sourit.

— Parce que tu l'aimes.

— Bien sûr. J'aime ma sœur.

— Tu *dois* monter sur le trône. Tu *dois* te marier selon les souhaits du Conseil royal.

Hochant la tête, il détourna les yeux.

— Oui. Il y a certaines choses que je ne peux pas te révéler, Béatrice.

Leurs regards se croisèrent.

Elle aimait cet homme. Elle l'aimait follement, et elle devait renoncer à cet amour.

— Retournez aux secrets de la Couronne et aux affaires d'État, prince Julius, murmura-t-elle. Ne vous inquiétez plus à mon sujet.

— Béatrice, s'il te plaît… Ne sois pas si tranchante.

— J'ai été engagée pour ça, conclut-elle en le laissant seul.

Le devoir avant tout.

Même si on le jugeait parfois frivole, Julius avait le sens du devoir chevillé au corps, et il aimait son pays. Jamais il ne quittait son royaume sans un pincement au cœur, et il venait donc de laisser tout ce qu'il avait de plus cher derrière lui, songea-t-il en observant les récifs de Trebordi.

L'île était quasiment sauvage. En dehors de son petit village, c'était un caillou acéré où toute culture maraîchère, sous la verticale du soleil, s'avérait ingrate. La côte était trop haute pour permettre l'accès aux criques et à la mer, ce qui dissuadait les touristes de prendre le ferry jusqu'ici.

Depuis le ciel, Julius avait vu couler une longue rivière d'argent, sauvage et superbe, et repéré le dessin du cloître, du prieuré et de la chapelle du couvent.

Il avait besoin de se donner du courage avant de faire face à ce que Béatrice avait rejeté si brutalement, de façon définitive. Son espoir de trouver un quelconque divertissement au village fut déçu : le seul café qu'il put repérer n'avait pas de terrasse, aucun musée ne proposait de révéler l'histoire de Trebordi aux visiteurs et toutes les boutiques étaient fermées.

— Où voulez-vous que je vous dépose, monsieur ? s'enquit le chauffeur.

Julius jeta un coup d'œil sur l'église et aperçut le sentier menant au cimetière.

— Garez-vous sur le parvis, je vais visiter l'édifice et faire un tour là-haut, indiqua-t-il.

— Mais monsieur, protesta Tobias à côté de lui, vous n'allez pas sortir *seul* dans…

— Ce voyage n'ayant jamais été inscrit à mon agenda, je ne cours aucun risque. Et j'en ai pour quelques minutes, trancha Julius en sortant de voiture.

Au palais aussi, il lui arrivait d'aller méditer dans la solitude de l'église ou parmi les tombeaux de la crypte.

Il fut d'abord frappé par la lumière rougeoyante des grands vitraux et la majesté de la pierre. Préservée de la rage haineuse des hommes et de leurs guerres, la petite église, patinée par les siècles, restait d'une beauté sobre et impressionnante. Un peu brute, à l'image de l'île. Béatrice et sa jumelle sauvage avaient certainement suivi toutes les messes dominicales dans cette église depuis leur plus jeune âge, et…

Quelque chose crissait sous ses pieds. Il baissa les yeux. Du riz. Des pétales de roses jonchaient également le sol. Il y avait eu une cérémonie, ici. Récemment. Un mariage !

Quittant le monument, il gravit le chemin poussiéreux menant au petit cimetière.

L'ancienneté des dalles et des inscriptions, la sonorité

sicilienne de chaque nom et de chaque prénom, la paix qui régnait dans ce petit espace dominant l'église et son grand vitrail…

Naturellement, il n'y avait pas de « Festa ». Mais une tombe isolée attira son attention, à cause des fleurs fraîches posées dessus.

« Schinina », lut-il sur la pierre.

Une petite carte était posée sur l'immense bouquet, et il ne put retenir sa curiosité. En se baissant, il lâcha une exclamation de stupeur. Deux prénoms étaient inscrits :

« Dante & Alicia ».

Son sang se figea dans ses veines. Béatrice était là quelques semaines auparavant… Elle avait manqué son amie de si peu !

Et si Dante et Alicia étaient les jeunes mariés ?

La confiance revint en lui, comme il aurait une bonne nouvelle à porter à la jeune femme.

Préférant rester seul, il resta sur la colline pour gagner le couvent à pied, abandonnant son escorte et la voiture sur le parvis de l'église. Le chemin avec vue sur la côte ne manquait pas de charme, et Julius savoura la caresse du soleil sur son front, l'air iodé qui soulevait ses cheveux. Dès qu'il fut devant la « porte aux bébés », cependant, sa sensation de bien-être s'évapora. Une sorte de nausée lui noua la gorge, et il ne trouva rien de plus efficace, pour s'en délivrer, que de sonner à la cloche : un geste enfantin, gratuit… et insolent.

La porte s'ouvrit à toute volée, et une religieuse au visage courroucé apparut. Sans doute fut-elle surprise de trouver un homme en costume trois-pièces et non une bande de garnements hilares, car elle haussa les sourcils.

— *Signor* ?

Retrouvant son rôle, elle gronda :

— Ce n'est pas un jouet, voyons !

— C'est vrai. Veuillez m'excuser.

En une fraction de seconde, Julius comprit pourquoi Béatrice avait été envoyée à Milan. La femme qu'il contemplait avait le même visage triangulaire, un nez bien droit, une irrésistible fossette sur le menton. Elle était menue, très mince. C'était Béatrice en brune.

— C'est incroyable, les touristes se croient tout permis, protesta-t-elle. Vous savez très bien à quoi sert cette porte : un peu de respect !

— Vous avez raison, ma sœur. J'ai été tellement frappé par la beauté de ce couvent que j'ai eu envie de le visiter. L'architecture semble typique du baroque sicilien. Il date de quelle époque ?

Radoucie, la nonne répliqua :

— Les visites guidées ont lieu le mardi et le vendredi après-midi.

Julius pencha la tête pour apercevoir le cloître par l'entrebâillement de la lourde porte.

— Quelle chance incroyable de…

Comme si elle se défendait déjà de mener une vie de rêve sur une île paradisiaque, sœur Catherine le coupa :

— Nous sommes ici pour Le servir. Et pour offrir une éducation à des orphelins.

Il sourit et acquiesça.

— Oui, je comprends. J'allais dire que *moi*, j'avais une chance incroyable. De ne pas avoir été abandonné devant cette porte.

D'un regard sévère, la nonne jaugea la qualité de ses vêtements avant de désigner une sorte de boîte aux lettres destinées aux dons.

— En effet, vous semblez appartenir à un univers privilégié.

Déjà, elle était prête à lui claquer la porte au nez. Il n'y avait rien à en tirer. Rien à espérer de cette femme glaciale, dure, cassante… Cette femme qui, après avoir abandonné son enfant, ne lui avait jamais accordé la grâce d'un sourire ou d'un baiser.

— Oui, je suis un privilégié. Bonne journée, ma sœur, conclut-il en tournant les talons.

Il en avait assez vu, assez entendu, et dès que l'odieuse femme disparut, il se posta face à la mer.

Béatrice n'avait connu que le rejet, et si Alicia ne lui avait pas donné toute son affection et son soutien, si elle n'avait pas eu cette sœur adoptive…

Il serra la mâchoire. La dépression chronique de Claude ne l'avait pas tué mais, comme ses parents, Julius songeait parfois que si son frère avait été moins mélancolique, peut-être que la grippe n'aurait pas dégénéré en fièvre hépatique. Peut-être aussi que Jasmine ne serait pas tombée malade dès l'adolescence, si le poids des responsabilités ne lui avait paru si écrasant.

Et puisqu'il lui revenait, désormais, d'assurer la succession de la famille royale, de se marier et d'être prêt à monter sur le trône, le jour où son père le quitterait…

Il fallait que les choses changent.

Il savait ce qu'il avait à faire.

11.

Jamais Béatrice n'aurait cru trouver le courage de voler le code d'accès au passage privé menant à l'appartement secret du prince, et pourtant…

Elle était là, au soir de son ultime journée au palais, devant l'Interphone de la dernière porte du corridor. À écouter les battements frénétiques de son cœur, à sentir la sueur perler à son front, à s'enjoindre d'oser.

La journée avait été riche en émotions. Lors de son pot de départ, elle avait mesuré l'attachement qu'elle portait à Jordan, Tobias, Despina et les autres. Leur regret de la voir les quitter semblait si sincère qu'à plusieurs reprises elle avait senti sa lèvre trembler.

— C'est promis, Béatrice ? On reste en contact !

— Oui, promis.

Naturellement, elle ne pourrait pas porter le ravissant bracelet en or qu'ils lui avaient offert, et Julius n'avait pas fait une apparition.

Oh ! Julius.

Comment avait-elle pu se montrer si dure avec lui ? Si blessante, si impitoyable, si entière ? Elle s'en rendait compte un peu tard sans doute, mais à l'exception d'Alicia, aucune personne ne lui avait jamais manifesté tant d'intérêt et de sollicitude. Le désir de la connaître et de la comprendre, l'envie de l'aider à lâcher ses peurs et ses entraves, ses angoisses et ses satanés, ses maudits réflexes de défense !

Elle releva la tête et contempla l'étrange Interphone à l'ancienne, tout simple, loin du modèle électronique dernier cri, à écran et caméra, qu'elle attendait.

Le haut-parleur grésilla.

— De quoi s'agit-il ? s'enquit la voix de Julius d'un ton glacial.

— C'est Béatrice, souffla-t-elle piteusement.

Un bref silence suivit. Puis, méfiant, il demanda :

— Qu'est-ce que tu veux, Béatrice ?

— Je… Je veux une chance de te présenter mes excuses, lâcha-t-elle.

La porte s'ouvrit sur un buzz, et elle se trouva nez à nez avec lui.

— Oh ! mon Dieu, Julius ! s'écria-t-elle, médusée.

En uniforme officiel bleu et gris, la veste ceinturée et les bottes cirées à la perfection, il irradiait de séduction et… semblait prêt à partir.

— Je… Je te dérange, balbutia-t-elle.

— Je n'ai guère que deux minutes à t'accorder, répliqua-t-il, alors sois brève.

Son arrogance avait fini de l'impressionner depuis longtemps, et il lui rendait service en la contraignant à faire court, songea-t-elle afin de rassembler son cran et son sang-froid.

— D'accord, dit-elle en plongeant son regard dans le sien. Je regrette de m'être emportée et d'avoir singulièrement manqué de souplesse. J'ai eu tort. Je te présente mes excuses pour mon comportement et, si ta proposition tient toujours, je serai heureuse de passer huit jours avec toi.

Un inexplicable silence suivit sa déclaration, et elle

chercha à saisir un indice de son humeur ou de ses sentiments dans son regard… En vain.

Il la scrutait si attentivement qu'elle en frémit.

— Pourquoi n'as-tu jamais engagé une relation avec un homme, Béatrice ? l'interrogea-t-il enfin.

Elle ne s'attendait pas à cette question mais y répondit avec franchise.

— Parce que j'avais trop peur de ne pas être aimée en retour, et parce que j'ai peur de ne pas être moi-même capable d'aimer. De trop ressembler à ma mère.

— Tu ne lui ressembles pas, dit-il.

— Tu n'en sais rien.

— Oh ! que si ! Je le sais. Je vais te le prouver tout de suite.

La fixant droit dans les yeux, il ajouta :

— J'ai fait le tour du parc avec mon chef jardinier il y a une heure. Si tu vas contempler le lac, tu compteras sept bébés cygnes.

Un bonheur indicible inonda la poitrine de Béatrice. Il n'était pas mort ! Il était toujours là !

— C'est vrai ? s'écria-t-elle, aux anges. Tu en es sûr ?

— Aussi sûr que tu as un cœur d'or.

Muette de stupeur, elle resta silencieuse.

— Tu as aimé ton cadeau ? Le bracelet ?

— Il est magnifique, dit-elle avec gratitude. J'ai tout de suite su que c'était toi qui l'avais choisi, mais… je suis allergique à l'or.

Julius leva les yeux au ciel.

— Non. Personne n'est allergique à l'or. Tu es allergique au nickel, affirma-t-il.

Il consulta sa montre avant de désigner le salon d'un ample geste.

— Installe-toi, fais comme chez toi, tu trouveras une

excellente salade de pâtes au réfrigérateur, la machine à café est juste là, et ne réponds surtout pas au téléphone.

— Entendu.

— Je ne serai pas de retour avant une ou deux heures. Tu m'attendras ?

Elle sourit et murmura tendrement :

— Oui. Je t'attendrai.

Il allait sortir quand il parut se rappeler quelque chose et revint vers elle.

Sortant une petite carte de sa poche, il annonça :

— J'ai trouvé quelque chose. J'espère que le résultat sera… Enfin tu verras.

— Qu'est-ce que c'est ?

— J'ai mené une petite recherche sur l'ami d'Alicia, Dante Schinina. Ce n'est plus un sauvage : il dirige un superbe hôtel en Sicile. Si tu veux l'appeler, tu as son numéro.

Sidérée, elle baissa les yeux sur le carton. Il suffisait d'appeler. Si Dante était resté en contact avec Alicia…

L'excitation bourdonnait en elle lorsqu'il conclut :

— Il faut vraiment que j'y aille. À tout à l'heure.

— J'ai sollicité un huis clos car les circonstances sont exceptionnelles, expliqua Julius.

Furieux que ses conseillers aient été sommés de sortir, le roi le toisait avec morgue. Sa mère et sa sœur paraissaient inquiètes.

— Tu nous annonces que tu signes et tu ne signes pas, les rumeurs courent que tu vas signer, et tu ne signes toujours pas… Enfin, après ce suspense ridicule et inutile, tu exiges une audience en huis clos ? Sais-tu combien c'est humiliant pour le Conseil ? tonna son père.

— J'ai fait cette demande car ma décision est prise :

je ne me plierai pas aux conditions du protocole d'accord matrimonial.

— Tu… Tu n'oserais pas, murmura sa mère.

Julius demeura impérial et enchaîna :

— Le trône revient à ma sœur, la princesse Jasmine, avec qui j'ai longuement discuté. Elle est d'accord pour assumer ses futures fonctions de reine avec mon soutien plein et entier.

— En effet, confirma Jasmine. Il est injuste d'exiger ce sacrifice de Julius. J'ai déjà un mari et une fille, la descendance est assurée, et je souhaite d'ailleurs avoir d'autres enfants.

— Julius ! Tu as promis ! rappela le roi.

— Je t'en prie, empêche-les de faire une chose pareille, geignit la reine en tirant sur la manche de son époux.

— Jasmine a *besoin* d'une vie paisible ! Tu le sais ! insista le roi.

Julius contempla le visage de son père. Depuis la mort de Claude, il avait l'air d'avoir pris dix ans. Cette tragédie personnelle se doublait d'angoisses infinies à propos de l'ordre de succession, de son désir de protéger sa fille tout en se montrant juste vis-à-vis de son peuple…

— Comment peux-tu croire qu'elle est capable d'assumer la Couronne ? Elle n'a même pas été en mesure de parler dix minutes au Festival des Fleurs !

— Je suis plus forte que vous ne le pensez, mon père, intervint Jasmine. Je me suis enfuie parce que c'est mon mari qui a eu peur : peur que cette prise de parole officielle réveille le débat et que l'opinion publique s'emballe, qu'on exige que je vous succède. Il a voulu faire en sorte que je ne sois pas pieds et poings liés, que je puisse encore choisir.

— Père, comprenez que si Jasmine monte sur le

trône elle ne le fera que par devoir, et elle aura besoin de tout mon soutien. Je suis prêt à prendre cette place uniquement si elle le souhaite et… si je peux choisir librement celle qui m'aidera à porter ma charge. Si vous m'accordez de désigner moi-même ma future épouse.

— J'ai déjà perdu un frère ! protesta Jasmine. Je ne veux pas que Julius sombre dans la même dépression que Claude. Et si sa femme ne peut pas avoir d'enfants, que se passera-t-il ? Je me retrouverai à nouveau en droite ligne, et…

— Nous allons changer dès maintenant les termes du protocole ! plaida Julius. Ça ne peut plus continuer ainsi ! Quelle que soit la décision finale de Jasmine, elle a le droit d'être certaine que sa vie et celle de sa fille ne seront pas…

— Silence ! tonna le roi.

Tous se turent. La reine, ravagée par l'angoisse, retomba dans son fauteuil. Julius refusait de se sentir coupable : il fallait crever cet abcès.

— Asseyez-vous, reprit leur père d'un ton calme. Contrairement à ce que tu imagines peut-être, Julius, je ne trouve pas tes doléances insensées. La mort de Claude doit en effet nous inciter à revoir certaines règles qui ne sont plus… adaptées.

— Mon père, Julius et moi ne demandons qu'à honorer notre pays, renchérit Jasmine. Que proposez-vous ?

Sur la terrasse qui dominait le lac, Béatrice savourait la fraîcheur du soir et le goût étrangement acidulé de son martini-punch.

Lorsque la porte d'entrée claqua, elle essuya très vite les larmes sur ses joues.

— Merci pour le cocktail, dit-elle en lui souriant.

— Alors ? Il est à la hauteur de tes attentes ?

— Je ne suis pas sûre d'en faire ma boisson favorite, avoua-t-elle en s'esclaffant, mais heureusement qu'il était là parce que… J'ai composé le numéro que tu m'as donné.

— Celui de Dante ?

— Oui, dit-elle très bas.

Elle était encore secouée par l'émotion. Il y avait des années qu'elle s'était joué le film de cette conversation, mais elle avait perdu l'espoir de retrouver Alicia.

Le regard brillant de curiosité, Julius vint s'asseoir près d'elle sur la terrasse et s'enquit avec impatience :

— Et alors ?

Béatrice prit son élan. C'était une histoire à la fois simple et… bouleversante.

— Quand je suis revenue à Trebordi, à l'âge de dix-neuf ans, Alicia venait de s'installer à Milan. Elle me cherchait. Les lettres que je lui envoyais lui ayant été confisquées par sœur Catherine, elle n'a jamais su que j'étais partie en Suisse, puis en Angleterre. Aucun établissement n'avait conservé ma trace… Je crois que l'institut de langues où je suis restée quelques mois a été transféré à Rome : ma pauvre Alicia, qui a toujours eu tant de mal à lire et à écrire, s'est donné un mal de chien en pure perte. Et puis un jour, elle a retrouvé Dante, et elle l'a prié de l'aider à remonter ma piste. C'est incroyable, ils ont même envoyé un détective privé à Trebordi ! Quand je suis revenue sur l'île pour mes vingt-neuf ans, j'ai pris le ferry. Le détective de Dante s'est intéressé à la Béatrice Taylor qui effectuait un aller-retour le jour de l'anniversaire de Béatrice Festa.

— D'accord, mais as-tu parlé à ton amie ?

Bouleversée, Béatrice acquiesça.

— Oui. Dante était fâché, au début, il m'en veut beaucoup d'avoir changé de nom sans prévenir Alicia, et il m'a accusée de lui avoir causé une peine immense, mais… C'est normal. Ils viennent de se marier ! Il l'aime, et j'ai profondément blessé sa femme.

— Et elle ? Elle a compris ? Tu as pu lui expliquer pourquoi tu avais fait cela ?

— Non ! C'est… C'est incroyable, avoua-t-elle. On dirait que nous nous sommes dit au revoir hier : dès que j'ai entendu sa voix, tout était réparé ! Alicia n'a pas changé, elle est restée exactement la même qu'autrefois. C'est ma sœur. Notre amitié est intacte.

Julius la dévisageait avec perplexité.

— Mais alors… Tu ne lui as pas raconté que ta mère était au couvent ? Que c'est à cause d'elle que tu es partie sans revoir ton amie ?

— C'est un sujet un peu trop délicat à aborder au téléphone, tu ne crois pas ? Mais j'aurai tout le temps de lui expliquer ce qui s'est passé quand je la retrouverai.

— Vous avez pris rendez-vous ? Vous comptez vous revoir… après notre semaine à Regalsi ?

Il fallait qu'elle se montre franche. Elle le savait. Béatrice avait décidé de tout dire à Julius, de ne pas se laisser paralyser par l'angoisse.

— Non, dit-elle en le regardant droit dans les yeux. Parce que je ne t'accompagnerai pas à Regalsi.

Julius resta silencieux. Ce que lui annonçait Béatrice n'avait rien d'une surprise.

— Attends, pria-t-elle, ce n'est pas ce que tu crois. Mais j'ai réfléchi, et si tu veux bien attendre encore un peu avant de signer le protocole d'accord… j'aimerais que tu me donnes un an. Une année entière, rien que toi et moi.

Julius ignora le martèlement lourd dans sa poitrine.

— Je vois, murmura-t-il. Un an !

— C'est énorme, j'en ai conscience. Je sais que je te demande beaucoup, mais…

Il sourit.

— C'est une suggestion de ta jumelle ? Une année entière ?

Elle haussa les sourcils.

— Non, même si le bonheur de la retrouver, grâce à toi, entre en ligne de compte. Je réalise que… je ne parviendrai pas à me contenter de si peu, Julius. Une semaine, c'est… Je ne sais pas si…

Il regarda ses yeux gris-bleu s'emplir d'émotion. Enfin, elle lâchait prise. Elle se laissait aller. Et il était prêt à l'imiter.

— Un an ne suffira pas non plus, observa-t-il.

Elle ne répondit pas.

— N'est-ce pas ? insista-t-il.

— Non, admit-elle en baissant la tête, croyant lui dissimuler ses larmes.

— Et toute la vie ?

Sidérée, elle releva vers lui un regard incrédule.

— Veux-tu devenir ma femme ?

Le cœur de Béatrice battait très fort, et elle avait chaud. Un fol espoir s'engouffrait en elle, un espoir auquel elle n'osait se raccrocher, même si elle en brûlait de désir.

— Julius… Tu ne *peux pas* m'épouser, rappela-t-elle.

— La seule chose qui pourrait m'en empêcher serait ton refus, répondit-il en souriant. Je viens d'avoir une réunion avec mes parents et Jasmine. C'est moi qui monterai sur le trône, c'est décidé. Mais je ne le ferai que si j'ai pu choisir ma reine au préalable, et… Je t'en prie, Béatrice, dis oui.

— Mais tu… tu es amoureux de moi ? lâcha-t-elle dans un souffle.

— Tu ne le vois donc pas ? Je suis malade d'amour ! Même Tobias s'en est aperçu.

À ces mots, incapable de résister plus longtemps, elle se précipita vers lui et l'embrassa. Lorsqu'elle sentit le goût de sa bouche, la pression exquise de ses lèvres cherchant les siennes, une merveilleuse excitation monta en elle.

— Tu ne m'as toujours pas répondu, accusa-t-il en plongeant son regard dans le sien. Accepterais-tu de devenir ma femme, Béatrice ?

— Oh oui, Julius ! Oui, oui ! s'exclama-t-elle en riant et en pleurant de joie, s'accrochant à son cou pour déposer une myriade de baisers sur son visage.

Fou de bonheur, il happa encore ses lèvres avec passion.

— Je t'aime tellement, murmura-t-elle dans leur baiser.

— Je sais. Moi aussi.

Épilogue

— Tu étais nerveuse, toi ? demanda Béatrice à sa demoiselle d'honneur.

— Non, répondit Alicia en riant. Mais moi, je ne me mariais pas avec un futur roi !

Béatrice rit et se tourna vers la mère de la fillette qui porterait sa traîne.

— Et toi ?

— Oh ! moi, je tremblais de peur, avoua Jasmine. Et c'est pourtant le meilleur choix que j'aie fait dans la vie ! Comment te sens-tu, Béatrice ?

— Très sûre de moi, et complètement paniquée.

Un mariage princier était un événement de première importance au royaume, et elle portait une robe avec laquelle elle doutait de savoir marcher. Les voiles de dentelles et de broderies coiffaient une soie luxueuse et lourde. Parmi toutes les fleurs piquées au bustier, elle en avait choisi une violette, presque noire – hommage à Claude, qui aurait dû se tenir à côté de son frère cadet en ce jour particulier.

Comme le photographe venait prendre quelques clichés pour la collection privée de la famille royale, Arabella et son amie vinrent poser autour de Béatrice et de Jasmine.

— Alicia ! Viens, j'allais oublier le cadeau de la mariée à son témoin…

Elle lui tendit le cadre et la reproduction de la seule photo qu'elles possédaient de leur enfance.

— Oh ! Béatrice… Je ne savais même pas que ça existait ! murmura Alicia, émue en contemplant l'image.

Deux petites filles se tenant bras dessus, bras dessous, une brune et une blonde, entourées de…

— Mais tu l'as découpée ! reprit-elle.

— Oui.

Pas question de laisser le visage de sa mère ternir ce souvenir.

Elle s'était construit une vie et une carrière, elle avait changé de nom. Et surtout, elle avait trouvé l'amour tout en retrouvant sa vraie famille : Alicia.

— Taylor dérive du mot « tailler », expliqua-t-elle. J'ai consacré une bonne partie de ma vie à découper…

— Oh.

Comme son amie examinait toujours la photo en calant le cadre contre son ventre, Béatrice fronça les sourcils.

— Alicia… Tu n'as rien de particulier à me dire ? s'écria-t-elle en la considérant avec enthousiasme.

Dans sa robe vert amande, elle était sublime, sa longue chevelure brune cascadant dans son dos, piquée de fleurs. Mais Béatrice ne voyait plus qu'un détail : la forme légèrement arrondie sous la ceinture d'Alicia.

Celle-ci rougit.

— Je voulais attendre quelques jours ! expliqua-t-elle. C'est ton mariage, ta journée !

— Mais c'est merveilleux ! Justement, ce jour n'en sera que plus rayonnant ! Un bébé, tu attends un bébé !

Folle de joie, elle serra son amie dans ses bras.

— Oui, tu vas devenir une tata ! répliqua Alicia d'un ton moqueur.

Béatrice adressa un clin d'œil à Arabella, sa nièce par alliance. Elle ne désirait rien tant que d'avoir une grande, une *très* grande famille.

Dans l'église royale, chacun avait appris son rôle et respecté le protocole. Jordan appela les demoiselles d'honneur et Béatrice prit le bras de Dante, qu'elle avait choisi pour remonter la travée centrale jusqu'à l'autel. Autrefois, elle conseillait à sa meilleure amie de ne pas trop approcher ce petit sauvage, traité comme un véritable paria à Trebordi. Grave erreur de jugement de sa part et preuve qu'elle pouvait lourdement se tromper, car Dante Schinina aimait Alicia autant qu'elle aimait Julius.

En tenue militaire, rasé de près, exhalant ses envoûtants effluves parfumés, son fiancé se tenait bien droit. Lorsqu'elle parvint à sa hauteur et que Dante rejoignit Alicia au premier rang, elle remarqua qu'il avait rajeuni. Oui, son visage paraissait plus détendu, plus lisse que le jour où elle avait fait sa connaissance, dans les bureaux du palais.

Il était calme. Presque autant qu'elle.

Tant qu'il serait auprès d'elle, elle ne craindrait rien, songea-t-elle tout au long de la cérémonie retransmise en direct sur les écrans géants du parvis et dans tout le royaume.

Lorsque vint le moment de se tourner vers l'homme qui avait trouvé son cœur – son cœur allergique à tout, son cœur d'or si bien dissimulé –, Béatrice se concentra, écoutant respectivement chaque parole prononcée pour bénir leur union. Ils échangèrent leurs consentements, et la voix de Julius résonna avec force et sérénité lorsqu'il promit :

— Je t'aimerai chaque jour de ma vie.

Une nouvelle vie qui commencerait par un mois entier à Regalsi.

Vous avez aimé *Le baiser d'un play-boy* ?
Retrouvez en numérique l'intégrale de votre série
« Les beautés de Sicile » :

1. *Le Sicilien de son cœur*
2. *Le baiser d'un play-boy*

Retrouvez prochainement,
dans votre collection

AZUR

Le diamant d'un Italien, de Julia James - N°4576

« Si vous devenez mon épouse pendant douze mois, je rembourserai votre dette. » Soulagée de voir ses problèmes financiers s'évanouir, Lana accepte l'incroyable demande en mariage de Salvatore Luchesi, le sublime Italien qu'elle vient de rencontrer. Mais très vite elle déchante. Survivra-t-elle à cette union platonique, alors que son corps s'embrase tout entier au côté de Salvatore ? Surtout, supportera-t-elle le jour où leur accord prendra fin et où elle devra renoncer à cet homme hors du commun ?

L'indomptable fiancée, de Louise Fuller - N°4577

Fils illégitime, Achileas Kane est la preuve vivante que les liens du mariage n'ont rien de sacré. Hélas, il doit aujourd'hui se marier s'il veut toucher son héritage ! Refusant de convoler avec l'une de ses prétendantes trop envahissantes, il préfère se tourner vers l'indomptable Effie Price. La jeune femme de chambre, qui travaille dans le palace où il séjourne, n'est-elle pas la candidate parfaite ? Loin de tomber en pâmoison devant lui, elle est la première à lui tenir tête ! Et pour Achileas elle représente un irrésistible défi…

Les mariés de Rio, d'Abby Green - N°4578

En épousant Caio Salazar de Barros, Ana savait à quoi s'en tenir. Leur union de convenance devait prendre fin un an plus tard, une fois la réputation de Caio rétablie et l'avenir d'Ana assuré. Seulement voilà, maintenant que l'échéance est arrivée à son terme, Ana se voit contrainte de passer une ultime journée en compagnie de son troublant époux. Vingt-quatre heures qui pourraient bien tout changer quand, libérés du contrat qui les a liés, Ana et Caio laissent libre cours à une passion aussi inattendue que dévorante…

**Liée à Constantin Silvera,
de Jackie Ashenden - N°4579**

J'ai commis l'erreur de tomber amoureuse d'un homme inaccessible. Les sentiments que je nourrissais, enfant, pour Constantin Silvera, n'ont fait que grandir au fil des ans. Jusqu'à cette nuit époustouflante que nous avons passée ensemble il y a trois mois… Depuis, tout a changé entre nous. Notre amitié a volé en éclats, tandis que mon amant me rejetait cruellement. Quant à ma vie, elle a pris un tournant inattendu, car me voilà enceinte de Constantin…

Si proche de l'ennemi, de Dani Collins - N°4580

Pour sauver l'entreprise à laquelle elle a tant donné, Ilona s'apprête à épouser l'homme qui veut ruiner sa famille ! En effet, c'est bien connu, mieux vaut garder proches ses ennemis... Et puis, même s'il est cynique et arrogant, Léandre Vasilou pourrait lui apporter l'indépendance à laquelle elle aspire depuis si longtemps. Seul problème : alors qu'Ilona voudrait pouvoir haïr Léandre, et le tenir à distance, son traître de cœur bat furieusement pour lui. Au point qu'elle rêve de voir leur union de convenance se transformer en mariage d'amour...

Promise à un comte, de Nina Milne - N°4581

Parce qu'elle a commis l'impardonnable erreur d'être née fille, Adriana est le mouton noir de la famille. C'est bien simple, son père, lord Salvington, ne la supporte pas ! Mais le jour où leur domaine menace d'être perdu Adriana oublie toute rancœur pour accomplir ce qu'elle sait être son devoir. En proposant à Rob Wilmington, le mystérieux comte de Darrow, de l'épouser, elle scelle bientôt une alliance capable de sauver l'héritage familial...

Un fantasme pour patron, de Lucy King - N°4582

Elle s'est endormie... dans le lit de son patron ! Réveillée en sursaut par la voix furieuse de Duarte de Castro, Orla peine à reprendre ses esprits. Comment expliquer à cet homme intransigeant qu'elle s'est écroulée de fatigue, alors qu'elle préparait la Casa do São Romão en vue de l'arrivée de son propriétaire ? Comment lui révéler qu'elle rêvait de lui au moment même où il surgissait, plus sexy encore que dans ses fantasmes ?

La beauté de Svardia, de Pippa Roscoe - N°4583

SÉRIE : *LE ROYAUME DE SVARDIA* - 3/3

Quatre mois plus tôt, Aleksander est monté sur le trône de Svardia, le royaume de Scandinavie. Une responsabilité à laquelle il était préparé, ou presque. S'il est résolu à transformer son pays en une nation prospère et tournée vers le progrès, l'idée de produire un héritier lui paraît une tâche ardue. En effet, comment s'allier à l'une des femmes insipides qu'on lui présente comme des partenaires idéales, quand son cœur ne bat que pour l'innocente Henna, qu'il n'a pourtant pas le droit de faire reine ?

La princesse du Kansas, de Caitlin Crews - N°4584

SÉRIE : *ROYALEMENT SCANDALEUSE* - 1/2

Delaney travaille dur pour garder à flot la ferme familiale, isolée au milieu des Grandes Plaines du Kansas. Quelle n'est pas sa surprise de voir débarquer un matin un convoi de luxueux SUV, d'où émerge bientôt un homme fascinant… Charismatique et beau comme un dieu, Cayetano Arcieri a une révélation à lui faire : Delaney est une princesse, l'héritière perdue de la Couronne d'Île d'Montagne ! Et s'il est là aujourd'hui c'est pour la ramener dans leur pays, au large de la Méditerranée, où elle deviendra bientôt sa reine…

Amber et le prince rebelle, d'Ally Blake - N°4585

Trahi le jour de ses noces, le prince Hugo fuit en Australie, incognito. Là, il rencontre Amber, une jeune femme dont la liberté de penser et la joie de vivre lui offrent un précieux réconfort. Dans ses bras, il oublie pendant un moment son pays, son devoir… jusqu'à ce que la réalité le rattrape. Quand Amber se découvre enceinte de lui, Hugo n'a d'autre choix que de lui révéler sa véritable identité, tout en sachant que celle qui fait battre son cœur n'a rien de la princesse à laquelle il est supposé lier son existence…

**Un époux à convaincre,
d'Anne McAllister - N°4586**

Elle était mariée… avec Dominic Wolfe. S'il n'avait pas été là, près d'elle, dans ce lit qui était maintenant le leur à New York, Sierra ne l'aurait pas cru. Car tous deux n'ont rien en commun, si ce n'est cette incroyable entente charnelle. Dans l'intimité, Dominic n'est plus l'homme d'affaires au costume impeccable, et elle la coiffeuse excentrique. Dans le secret de la chambre à coucher, ils sont simplement un homme et une femme en proie au même désir irrépressible. Hélas ! la passion ne dure pas. Et si Sierra rêve que Dominic partage un jour ses sentiments elle sait aussi qu'il s'est juré de ne plus aimer, et qu'il faudra bien davantage que des corps-à-corps torrides pour transformer leur mariage d'intérêt en une véritable union…